dear+ novel
sukini nattemo iidesuka

好きになってもいいですか

久我有加

新書館ディアプラス文庫

好きになってもいいですか

contents

illustration : ミキライカ

好きになってもいいですか

SUKINI NATTEMO IIDESUKA

店の外に立て看板を出すと、冷たい風が吹きつけてきた。十月も半《なか》ばをすぎた辺りから、日が落ちると急激に気温が下がるようになった。

オフィス街のほど近くにある創業五十年の洋食レストラン、『ロンド』。内倉律《うちくらりつ》が幼い頃から両親や姉と共に通っていたこのレストランで、金耀と土曜と隔週《かくしゅう》の日曜にバイトを始めたのは、大学へ入ってからだ。

二代目オーナーシェフ、大友《おおとも》が作る昔ながらの洋食は、初代同様、老若男女に愛されている。ランチの時間は近くのオフィスや役所で働く人たちで賑《にぎ》わうが、夕方から夜にかけては家族連れやカップルが多くなる。金曜の今日も、予約が三件入っていた。

「律君、ちょっといい?」

暖房がきいた店の中へ戻ると、どっしりとした四角い体をコック服で包んだ大友が手招きした。

「急で悪いんだけど、今日から新しいバイトさんに入ってもらうから、いろいろ教えてあげてくれるかな」

「えっ、そうなんですか」

『ロンド』では基本、厨房はオーナーシェフの大友と見習いシェフの池尻《いけじり》の二人が、ホールは二代目の妻の晴代《はるよ》が入っている。忙しい週末に律がホールに加わる形だ。今のところ人手が足りないと感じたことはない。

もしかして僕の仕事がダメだったんだろうか。

しょんぼりと肩を落とした律に、大友は慌てたように首を横に振った。

「あ、律君がダメなわけじゃないからね！　仕事ぶりは凄《すご》く真面目だし、遅刻もないし、笑顔で明るく接客してくれるから、お客さんの評判も凄くいいし。なあ、晴代さん」

せっせとテーブルを拭《ふ》いていた大友の妻、晴代は大きく頷いた。

「そうよう。律君に会いたくてうちに来るお客さんがたくさんいるんだから。玉井《たまい》さんなんか、前は週末は混んでるから嫌だっておっしゃってたのに、律君に接客してもらってからは決まって週末にいらっしゃるようになったし」

「え、そうだったんだ。嬉しいです！　ありがとうございます」

月に三度は来店する、紫色の縁《ふち》の眼鏡をかけた上品な老婦人を思い出し、ペコリと頭を下げる。

晴代と大友はニッコリ笑った。

「そういうことだから律君は何も気にしなくていいよ。僕がその新しいバイトさんを応援したくて、働いてもらうことにしただけだからね」

「応援、ですか？」

「うん。息子が応援してるスポーツ選手でね。バイトで資金を貯めて活動してるんだって。何かのイベントでその選手の知り合いと親しくなって、店でバイトさせてやってくれないかって頼まれたらしい。面接してみたら、凄く一生懸命で真面目そうな人だったから、僕も応援の意味で来てもらうことにしたんだ。今二十四歳だから律君より五つ年上だね」

大友の息子は、いずれ『ロンド』を継ぐべく有名ホテルのレストランで修業中だ。確かマラソンが趣味だと言っていた。

「一通り仕事の説明はしたけど、実際に働いたらわからないことも出てくるだろうから、律君、教えてあげてね」

晴代に声をかけられ、はい、と応じる。

スポーツ選手って陸上選手かな？

脳裏に浮かんだのは、急峻《きゅうしゅん》な山道を軽々と走る男の姿だ。ここ半年ほど、律はトレイルランニング——舗装された道以外の山野《さんや》を走る競技のプロをめざす選手、黒谷蒼平《くろたにそうへい》を応援し続けている。動画サイトのおすすめに偶然出てきたのを何気なく見てから、すっかりファンになってしまった。

凄く渋くてカッコよくて、ちょっと照れたみたいな笑顔がいいんだよね！

日に焼けた精悍《せいかん》な面立《おもだ》ちに浮かぶ爽《さわ》やかな笑みに、すっかり虜《とりこ》だ。

からんころん、とドアについた鐘が音をたてて、律は反射的に振り返った。

入ってきたのは、紺色のアウターにグレーのトレーニングパンツを身につけた長身の男だ。日に焼けた肌と切れ長の目が印象的な精悍な顔つきに、視線が釘付《くぎづ》けになる。

えっ、ちょっ、え？　えっ！　ちょっと待って！

この人、黒谷さんじゃない？

こんばんは！　とはきはきと言って頭を下げた男に、いらっしゃいと大友と晴代はにこやかに応じた。

「律君、彼が今話した新しいバイトさん。黒谷蒼平君」

大友に紹介され、うぅ、と律は喉の奥で返事をした。それしか声が出なかったのだ。

カーッと全身が熱くなる。心臓がバクバクと激しい音をたてる。やばいやばいやばい！　と叫びそうになるのをなんとか堪《こら》えた。

本物の黒谷さんだ！　動いてるしゃべってる！　僕を見てる！

真っ赤になった律が、新しいバイトが入ってくると聞いたばかりで戸惑っていると思ったらしい。大友は励《はげ》ますような笑みを浮かべた後、黒谷に向き直った。

「黒谷君、こちら内倉律君。学生さんで、金耀と土曜と、あと日曜も隔週で入ってくれてるんだ。ホールの仕事でわからないことがあったら、律君か妻に聞いてね」

はい！　と黒谷は快活に返事をした。大友から律に視線を移し、勢いよく頭を下げる。

「黒谷蒼平です。よろしくお願いします！」

「あ、う……、こっ、こちらこそっ。内倉、律です。よろしくお願いしますっ」

慌てて頭を下げた律は、うわ、うわ、と心の内で声をあげた。

黒谷さん、凄い礼儀正しい！　生で見てもめちゃくちゃカッコイイ！

「じゃあ、早速《さっそく》着替えてもらおうかな。ロッカーに案内するからこっちへ来てくれる？」

黒谷は大友に連れられて裏手にある更衣スペースへと歩いていった。途中で見習いシェフの池尻にも挨拶《あいさつ》をする。池尻は黒谷を見ても特にリアクションせず、ごく普通に挨拶した。

トレイルランがメジャーじゃないのはわかってたけど、こうやって反応がないのを見ると、ちょっとショックだ……。

ともあれ律にとって、黒谷は憧れの人である。スラリとした後ろ姿に穴を空ける勢いで見つめてしまう。

当たり前だけど、歩き方が動画と同じだ！　思ったより背が高い！

興奮を抑えきれず、律はその場で小刻みに足踏みをした。

「律君、どうしたの？　大丈夫？」

晴代に心配そうに声をかけられ、慌てて直立不動になる。

「大丈夫ですっ」

「どう？　黒谷君とうまくやれそう？」

「え、あ、はい、やれます、はいっ、大丈夫ですっ。あ、僕、ペーパー補充しますね」

何度も頷いた律はぎくしゃくと厨房《ちゅうぼう》へ移動した。棚にストックしてあるペーパーを取り出す間も、心臓はバクバクと音をたて続ける。

これから黒谷さんと一緒に働くのか……。

やばい。どうしよう。嬉しすぎる。泣きそう。

今日まで黒谷の動画を何度再生したかわからない。カッコイイ！　と思う場面はくり返し見た。目尻にできる笑い皺《じわ》や唇の隙間から覗く白い歯に、ドキドキしてそわそわした。

グッズがあればほしかったけれど、なかったので、かわりに黒谷が着ているウェアやシューズと同じ物を買いそろえた。それを身につけて、おそろい！　と一人でキャーキャー喜んだりもした。

「内倉さん」

背後から呼ばれて、文字通り飛び上がる。

振り返ると、白いシャツに黒いスラックス、その上に黒いカフェエプロンを身につけた黒谷が立っていた。またしてもビク、と反応してしまう。

ちょっ、黒谷さんのこんなきれいめの格好見たことないんだけど！

律も同じ格好をしているが、身長が高いのと鍛《きた》えられた体つきのせいで、黒谷の方が洗練されて見える。

黒谷は白い歯を見せてニッコリと笑った。

う、眩《まぶ》しい……！

「これから、よろしくお願いします」

「あ、は、はい、こ、こちらこそっ。あ、あの、僕、年下なんで、敬語とかいいですよ」

若干《じゃっかん》声が裏返っているのを感じつつ、律は微妙に視線をはずした。

物凄く見たいけど、あんまり見ると変に思われるかも。

黒谷は律の様子を気にする風もなく、いいえ、ときっぱり首を横に振った。

「それはだめです。俺はここでは後輩で、内倉さんは先輩だから！」

「や、でも……」

口ごもっている間に、黒谷はずいと距離を詰めてきた。

「飲食業で働くのは初めてだから、迷惑をかけてしまうと思いますけど、いろいろ教えてください」

またしてもペコリと頭を下げる。

めちゃくちゃ礼儀正しくてカッコイイけど近い！

無口で渋いイメージだったので、嬉しいのと同時に戸惑ってしまう。

「や、あの、そんなに、難しく考えなくていいと思いますよ。オーダーをとって、運ぶのがメインですから。いらっしゃいませとか、お待たせしましたとか、そういうのさえちゃんと言ってれば」

なるほど、と黒谷は頷いた。

「いらっしゃいませ、と、お待たせしました、ですね。勉強になります！」

「や、そんな別にたいしたことじゃないですから。あの、もしわかんないこととか、困ったことかあったら、僕も、晴代さんもいますんで、呼んでもらったら大丈夫です」

「ありがとう！　頼りにしてます」

黒谷は再びニッコリと笑った。

う、やっぱり眩しい……！

心臓を撃ち抜かれた気分で、ぎこちなく目をそらす。

「あ、あの、ここにあるペーパーなんですけど、客席をまわって、減ってたら補充してください。ストックが残り少なくなったら、オーナーか晴代さんに言っておいてもらえますか？」

棚を示しながら説明しつつ、律は内心で考えた。

ていうか僕、これからどういうスタンスで黒谷さんと接したらいいんだろう。

黒谷さんのファンですと言ってもいいのか。それとも知らないふりをして、バイト先の先輩として接すればいいのか。

「律君、黒谷君、オープンするよー」

晴代の声が聞こえてきて、はい、と慌てて返事をする。

はい！　と黒谷も良い返事をした。そしてとてもバイト初日とは思えない堂々とした態度でフロアへ出ていく。

飲食業の接客、初めてって言ってたのに……。

半《なか》ば呆気《あっけ》にとられていると、厨房にいた池尻がひょいと顔を覗かせた。

「なんか変わった人だな」

「え、そ、そうですか？」

「独特の空気感」

それだけ言って、池尻はまたひょいと引っ込む。

確かに、ちょっと思ってたイメージとは違うかも……。

首を傾《かし》げながらホールに出ると同時に、晴代が店を開けた。外で待っていた客が三組入ってくる。

かと思うと大人の脚の間をすり抜けるようにして、五つくらいの男の子が歓声をあげながら中へ駆け込んできた。

「アオイ、待ちなさい！」

母親らしき女性が慌てて声をかける。もう一人、幼い女の子の手を引いているため、すぐには動けないようだ。

すると黒谷が男の子の前に立ち塞《ふさ》がった。男の子はハッとしたように黒谷を見上げる。

予想外に大きな店員に見下ろされたせいだろう、男の子はあからさまに怯《ひる》んだ。彼には黒谷が山のように見えているに違いない。

反対に、黒谷はニッコリ笑う。

「お母さんを困らせたらダメだぞ！」

よく通る声に、男の子はびく、と全身を震わせた。ぷるぷると唇が震え出す。

あ、やばい。泣きそう。

律は慌てて男の子に駆け寄り、傍《かたわ》らにしゃがみ込んだ。

「大丈夫だよ。このお兄さんは怖くないからね」

ね、と笑いかけると、男の子はほっとしたように頷いた。こぼれ落ちそうだった涙は、すんでに引っ込んだらしい。

アイドルをやってみる気があるんだったら私が芸能事務所に履歴書送るよ、と幼馴染みに言われたことがある律は、二重《ふたえ》の優しげな目が印象的な親しみやすい顔立ちである。特別美形というわけではないが、幼い頃から今に至るまで、「カッコイイ」ではなく「カワイイ」と言われてきた。

黒谷をちらと見上げると、困ったように眉を寄せていた。怖がられてしまったために、どうしていいかわからなくなったのだろう。

なんかやっぱりイメージと違う……。

ともあれ今は接客中だ。

「アオイ君は、今日は何食べたい？」

「お子様ランチ！」

「いいねえ。お子様ランチ、大きなハンバーグついてるよ。ハンバーグ好き?」

すっかり黒谷の存在を忘れたらしく、好き! と男の子が大きく頷いたそのとき、幼い女の子を抱えた母親が慌ただしく近寄ってきた。

「すみません。アオイ、静かにするってお約束したでしょ。騒がないの」

大丈夫ですよ、と律は笑顔で答えた。

「お子様ランチ、楽しみにしてくれてたんだよね。アオイ君、ここに座ってお子様ランチが来るの待っててくれる?」

「わかった!」

「良いお返事だなあ。偉いなあ」

満面に笑みを浮かべた男の子が子供用の座面の高い椅子に座るのを手伝う。すみません、すみません、と何度も謝る母親に、いえいえと律は気さくに応じた。

「どうぞゆっくりしていってくださいね」

ニッコリ笑って女性と女の子にも椅子を引いていると、いらっしゃいませ! と張りのある声が聞こえてきた。

「ちょっとあなた、声が大きいわよ。ボリュームを落としなさい」

黒谷を注意したのは、晴代が話していた常連客の玉井婦人だ。彼女は好物のカニクリームコロッケを誰にも邪魔されずに味わいたいとかで、ほとんど一人でやって来る。今日も連れはいない。

晴代が別の常連客の相手をしていて助けに行けないのを見てとった律は、男の子に手を振り、黒谷と玉井婦人に歩み寄った。

「いらっしゃいませ、玉井さん。こんばんは」

こんばんは、と表情を緩めて応じた玉井に、ニッコリ笑ってみせる。そして棒立ちになっている黒谷を振り返った。

めちゃくちゃ困ってる……。

大きな男が突っ立っている様は、ある意味恐ろしく見えるかもしれない。

律は慌てて玉井を振り返り、笑みを浮かべた。

「玉井さん、こちら、新しいバイトさんの黒谷さんです。よろしくお願いします」

「新しいバイトって……、律君、辞めるの？」

再び顔を曇《くも》らせた玉井婦人に、いえいえ、と律は首を横に振った。

「辞めませんよ。まだまだお世話になります」

「そう、よかった！　それはそうとあなた、もうちょっと上品な接客をした方がいいわよ。ここはゆったり食事を楽しむところなんだから」

玉井婦人はじろりと黒谷をにらんだ。

すみません、と黒谷はしょげた様子で謝る。

やっぱりイメージと違う。全然渋くない。

しかし、黒谷が真剣に仕事に取り組もうとしていることは充分伝わってきた。

「あの、黒谷さんがバイトに入るの、今日が初めてなんです。だから失礼がないようにって、肩に力が入っちゃってるんだと思います」

なんとか黒谷の良さをわかってもらおうと一生懸命言葉を重ねると、玉井婦人は怪訝《けげん》そうに眉を寄せた。黒谷はといえば、驚いたように目を見開いている。

「律君のお友達なの？」

「いえ、友達ではないんですけど……。あの、オーナーと晴代さんが、真面目な人だって言っておられたから……」

黒谷にもまじまじと見つめられ、今更ながら恥ずかしくなる。

ちょっと熱心に言いすぎたかも……。

すると玉井婦人は小さく笑った。

「わかったわ。律君がそう言うなら、そうなのね。私、ときどきロンドさんに来るの。よろしくね」

改めて向き直った玉井婦人に、よろしくお願いします、と黒谷はやや声量を抑えて言った。や、それでもまだけっこう大きいんだけど。

しかし玉井はあきれたような視線を投げたきり、もう何も言わなかった。思わずほっと息をつく。

玉井婦人の注文を聞いた律は——今日もカニクリームコロッケだった——、黒谷と共に厨房に向かった。内倉さん、と黒谷が声をかけてくる。

「フォローしてくれてありがとう。助かりました」

う。凄い謙虚。礼儀正しい。

こういうところはイメージ通りだ。

「最初は皆、緊張しますから。僕も初日はオーダーミスしちゃったり、お皿落として割っちゃったりしたし」

「でも、内倉さんは物腰が柔らかいから接客に向いてますよね。俺はこの通り見た目が厳《いか》ついから、どうしても怖がらせてしまう。居酒屋とかならともかく、こういうレストランの接客は向いてないんでしょうね」

しょんぼり、という表現がぴったりの物言いに、律は慌てた。

「そんなことありません。慣れれば大丈夫ですよ。ただ、玉井さんがおっしゃったみたいに、もうちょっと声を小さくした方がいいかもしれないですね。でも、笑顔はよかったです」

「ほんとですか？」

「ええ、ほんとに。黒谷さんの笑顔、素敵です」

頷いてみせると、黒谷はぱあっと顔を輝かせた。

「ありがとう！　がんばります！」

「黒谷さん、声、声」

「あ、すみません」

慌てて声を落とした黒谷を、律は半ばあきれて見つめた。

笑顔は凄くカッコイイ。礼儀も正しい。真面目だ。嫌な気分にはならない。

でも、いろいろ予想外すぎる……。

物凄く体育会系っていうか、見た目の怖い体操のお兄さん系っていうか。

とにかく、思っていたのとは全く違う。

そもそも、なぜ向いていないのにレストランで働くことになったのだろう。

スポーツ用品やアウトドア用品を扱う店だったり、体を動かすジムのようなところで働いた方がよかったのではないか。同じ飲食なら、黒谷自身が言ったように居酒屋等で働けば、困らずに済んだはずだ。


「チバショーやっぱりかっこよかった！　ラストのあの振り返ったときの笑顔見た？　もう私、きゅんきゅんしちゃった！」

頬を染め、胸の前で両手を組んだ幼馴染みの横石日菜《よこいしひな》に、うんと頷く。

「ラストの笑顔もよかったけど、告白するって決めたときのきりっとした顔もやばかったよね」

「わかる！　めちゃくちゃわかる！　ほんとかっこよかった！」

じたばたと手足を動かす日菜を、律はニコニコと見守った。十月も残すところ数日となり、外は冷たい風が吹いているが、店内の暖房以上に日菜が熱い。

数日前、三人組の男性アイドルグループ『タキシード』のメンバー、チバショーこと千葉《ちば》章太郎《しょうたろう》主演の映画を一緒に見に行かないかと日菜に誘われた。ちょうどバイトのない日曜だったので出かけることにした。

日菜とは幼稚園からの付き合いだ。小中高も同じだったが、大学は別のところへ進んだ。SNSではよく連絡はとっていたものの、会うのは一ヵ月ぶりである。

ちなみに日菜がチバショーの映画を見るのは三回目だという。周囲にも映画鑑賞後と思《おぼ》しき女性グループの姿がちらほら見えた。

「日菜ちゃんの気持ち、わかりかけてたんだけど、またよくわかんなくなっちゃった」

ため息を落とすと、日菜は首を傾げた。

「え、何？　チバショーのファンになりかけたのに、やっぱりならなかったってこと？」

「違う違う。僕もファンになった人がいたんだよ」

「タキシじゃなくて他のグループのファンになったの？」

ややトーンダウンしつつも、日菜は熱心に尋ねてくる。

「や、アイドルじゃないから」

「じゃあミュージシャン？」

「ミュージシャンでもない」

「じゃあ誰？　あと何があるっけ？　俳優さん？　あ、お笑いの人とか？　それか声優さんとかスポーツ選手とか？」

「うん、まあスポーツ選手かな」

テンションがそれほど上がらないのは、まだ生身の黒谷に慣れていないせいだ。

黒谷が『ロンド』へやってきて約二週間が経《た》った。遅刻は一度もないし、仕事ぶりも真面目だ。

しかしやはり声が大きく、はきはきと明るくしゃべる。しかもまだ敬語のままだ。

強面《こわもて》長身の男がニコニコ笑って、よく通る声で挨拶をするのは、ある意味物凄い迫力である。

ちなみにこの二週間で幼い子供が二人、黒谷を見て号泣した。大いに慌てた黒谷は、なんとか泣きやんでもらおうと必死で話しかけ、余計に怯《おび》えられていた。フォローに入った律に、すみませんすみませんと何度も謝った。

泣き叫ぶ幼児を前にして、おろおろしていた黒谷を思い出す。

僕が想像してた、渋くて寡黙《かもく》な黒谷さんとは全然違う……。

スポーツ選手と聞いて、へー、と日菜は感心したような声をあげた。

「そういえばちょっと前から、インスタにアウトドア系のコーデをあげるようになったもんね。あれ、単に趣味が変わったわけじゃなかったんだ」

律は土日を除いてほとんど毎日、インスタグラムに『今日のコーデ』をあげている。これでもフォロワー数は五千人ほどだ。

「てか、りっちゃんてスポーツに興味あったっけ？　そういう話、一回も聞いたことないけど」

「うん、全然興味なかった。ていうか、今も野球とかサッカーとかバスケとか、メジャーなスポーツには興味ない」

そもそも律は致命的と言えるほど運動神経が悪い。中学のマラソン大会では、ほぼ女子しか選択していない三キロコースを走ったのに、後ろから数えた方が早い順位で、しかもゴール前では生まれたての小鹿よりも足がふらついていた。高校の体育の授業でも、二百メートル走っただけでゾンビのようになった。中学高校と同じだった日菜には、どちらの有様も目撃されている。

「だよね。じゃあ何のスポーツ？　マイナーなやつ？」

「トレイルランニング」

「とれいるらんにんぐ？　何それ」

「舗装された道以外の山とか、原っぱを走る競技だよ。百キロを超えるウルトラレースもある。

そのトレイルランの選手で黒谷蒼平って人がいて、その人のファンになったんだ」

そうなんだ、と応じた日菜は訝《いぶか》しげに眉を寄せた。

「ファンになったって言うわりにはテンション低くない？　先輩とか塾の先生とか、身近な男子を好きになったときの方がキャーキャー言ってた気がするんだけど」

「うん、確かにそんな感じだった……」

この幼馴染みに同性しか好きになれないことを打ち明けたのは、中学に上がった頃だ。家族の次に話したのが日菜だった。そのときは驚いていたものの、態度は全く変わらなかった。両親と姉に受け入れてもらえたのはもちろん嬉しかったが、同じくらい嬉しかった。

「なんでそんなテンション低いの？」

「それが、その黒谷さんが、二週間前にロンドにバイトで入ってきて……」

「えっ！　マジ？　凄いじゃん！　そんな偶然あるんだ！」

「僕もびっくりした」

律のテンションが一向に上がらないことに気付いたらしく、日菜は身を乗り出してくる。

「何？　嫌な奴だったの？」

「や、嫌な人じゃないよ。凄く真面目で良い人。でも、イメージと全然違ってて」

「イメージって？」

「今まで黒谷さんが出てる動画見まくって、ＳＮＳもチェックして、黒谷さんの記事が載ってる雑誌とかも全部買って読んだんだけど、そういうの見る限りだと渋くて寡黙な人っぽいんだ。あ、動画見る？」

「見る！　見せて見せて！」

スマホを取り出した律は、早速動画を再生した。興味津々《しんしん》の日菜の方へそれを差し出す。

画面に引き締まった体つきを黒のTシャツとカーキ色のライトショーツで包んだ男――黒谷が映し出された。彼が立っている場所は濃い緑に囲まれた山の中である。日差しがきつい。蝉《せみ》の声が幾重にも聞こえるから、真夏に撮った映像だろう。

黒谷はトレイルランニングのテクニックについて説明し始めた。山の登り方に特化した動画だ。黒谷はどの動画でも、ややぶっきらぼうに話す。だから余計に、はきはきと明るく話すのに驚いた。

「おお、ワイルドだなあ。山の男って感じ。渋いね」

日菜が感心したように言う。

「そう！　動画見てる限りはほんと渋いんだ。これでも二十四歳なんだよ。大阪出身だから、ときどき関西弁が出るのもカッコイイんだよね」

「えっ、二十四？　チバショーと同い年じゃん！　ええー、三十歳くらいかと思っちゃった。りっちゃん、昔からカワイイ系より渋い系が好きだもんね」

スマホの中で黒谷が走り出した。凸凹した山道を軽やかに駆ける。

こうやって走ってるときが、やっぱり一番カッコイイ。

『ロンド』で会う、ちょっと素《す》っ頓狂《とんきょう》な黒谷とは別人のようだ。

「大学在学中に海外のウルトラトレイルに出場して、六位に入って有名になったんだって。それから国内外のいろんなレースに挑戦して、去年初めて国際レースで優勝したんだよ。プロを目指してるけど、難しいみたい」

「こういう競技にもプロとかあるんだ」

「うん。日本には五人くらいしかいないらしいんだけどね」

言いながら、律は改めてスマホを見つめた。

「もっといろんな黒谷さんが見たくて探したんだけど、雑誌の公式チャンネルとかトレイルランの協会が作ってる動画以外は、思ったより少ないんだ。この動画を作ってるのも黒谷さんの従兄《いとこ》で、黒谷さん自身じゃないし。インスタもあんまり更新してなくて、プライベートがよくわかんないんだよね。それで勝手にイメージを膨《ふく》らませてた僕が悪いんだけど……」

「全然渋くなかったわけだ」

うん、と律は力なく頷いた。

黙って立っていれば、見惚《みと》れてしまうくらい渋い。とにかくカッコイイ。

しかしひとたび口を開くと、やたらと元気で暑苦しい体操のお兄さんもどきが現れる。

「黒谷さんが着てるTシャツとかシューズとか、色違いのおそろいで買ったんだけど、なんかロンドには着て行けなくて」

「もしかして今日のアウターも、色違いのおそろい？」

「そう」

「よく似合ってるよ。カワイイ！」

黒谷が着ていたのはネイビーだったが、自分には地味だと思ったのでマスタードイエローを選んだ。さすが山野を駆けるランナーのために開発されたウェアだ。軽くて程よく温かい。

「黒谷さんは関係なしで着ればいいじゃん。りっちゃん、テイストの違うアイテムと合わせるのも上手だよね」

褒《ほ》めてくれた日菜に、律はへへへと照れ笑いした。

「ありがと。ウェアとかシューズは黒谷さんが着てたのだけじゃなくて、他にもいっぱいかわいいのがあるんだよ。日菜ちゃんに似合いそうなのも見つけた！」

「ほんと？　どれどれ？」

黒谷の動画を閉じた律は、アウトドア用品のサイトを開いて日菜に見せた。

「このアウターとか、絶対似合うと思う。日菜ちゃん、パープル系の色好きでしょ」

「うん、好き！　ほんとだ、かわいい！」

黒谷への憧れが薄れたのはともかく、黒谷のファンになったことで、あまり馴染みのなかったアウトドア系の服のブランドを知れたのはよかった。せっかく買ったアウターやシューズに罪はない。

日菜ちゃんの言う通り、黒谷さんは関係なしでどんどん着ちゃおう。


「いらっしゃいませ！」

よく通る声をかけられたカップルの客は、びくっと肩を震わせた。ニッコリ！　と笑う強面の店員に、再び肩を震わせる。

今日も無駄にインパクト強い……。

ビーフシチューを運びつつ、律は小さく息をついた。金曜の夜の『ロンド』は相変わらず賑わっている。もうすぐラストオーダーだが、店内はほぼ満員だ。

カップルを奥の席へ案内し、お冷やとおしぼりを運ぶべく厨房の方へ戻ってきた黒谷に、律は歩み寄った。

「黒谷さん、もうちょっと声を小さくしてください」

「あ、また大きかったですか。すみません」

黒谷はすぐ申し訳なさそうに謝る。

イメージとは全然違ったけど、こういうところはいいよな。

とても五歳年上とは思えない素直さとまっすぐさだ。

「元気が良いのはいいことですけど、食事中のお客様もびっくりしちゃうから」

「確かにそうですね、気を付けます。従兄にもよく注意されるんですけど、野球をやってたときの癖が抜けなくて」

黒谷は広い肩を縮める。仕事中だからだろう、律儀に敬語だ。

黒谷さんが野球やってたのは知らなかった。

「野球、高校でやってたんですか？」

「小学校三年から高校までです。高校で肘《ひじ》を壊してやめました」

「そっか。大変でしたね」

眉を寄せると、黒谷は瞬《まばた》きをした。が、次の瞬間、ニッコリ！　と笑う。

「そのときは落ち込みましたけど、大学でトレイルランに出会えましたから！」

ほんとにずっと体育会系だったんだ。

だから「先輩」に対して敬語が抜けないのかもしれない。中学では園芸部、高校では手芸部に入り、緩《ゆる》く楽しい部活動を満喫《まんきつ》してきた律には、想像もつかない世界だ。

でも、ずっと真面目にがんばってきたことができなくなる辛《つら》さは想像できる。

お冷やとおしぼりを運ぶ黒谷に続いてフロアへ出ると、からんころん、とドアが開く音がした。料理を運んでいた晴代が、いらっしゃいませと声をかける。

入ってきたのは、一目で酔っ払いとわかる中年の男性客だった。

「オラァ、お客様だぞお、ちゃんと挨拶しろぉ」

よろよろと歩み出したものの、足元がふらついて倒れそうになる。

律は咄嗟《とっさ》に男に手を差し伸べて支えた。しかし次の瞬間、乱暴に押しのけられる。

「なんだコラァ！　俺に触んな！」

男が酒くさい息を吐きながら怒鳴る。

食事をとっていた客たちがざわめいた。

今までにも酒に酔った客が迷い込んできたことはあったが、こんな風に大声を出す人は初めてだ。

まずい。なんとかしないと。

「す、すみません。お客様、大丈夫ですか？」

「大丈夫に決まってるだろ！　なんだてめえ、文句でもあんのか！」

律が小柄で優しげな風貌《ふうぼう》だったせいもあるだろう、男は怒鳴り散らした。

怖い……！

思わず首を竦《すく》めたそのとき、お客様、と二つの声が呼んだ。ひとつは晴代で、もうひとつは黒谷の声だ。

かと思うと、目の前に長身の男が立ち塞がった。やや遅れて晴代が傍《そば》に寄ってくる。

酔っていても、黒谷の日に焼けた強面と引き締まった体つきは一目でわかったのだろう。男はあからさまに怯んだ。が、引っ込みがつかないのか、腰が引けた体勢で黒谷をにらみつける。

「な、なんだ、おまえ、何か文句あんのか！」

「文句はございません。いらっしゃいませ、お客様。さあ、こちらへどうぞ。お席にご案内いたします」

黒谷はまっすぐに男を見下ろし、よく通る声で言った。微塵《みじん》も怯んだ様子はない。

黒谷の背後にいる律に見えるのは、広い背中ばかりだ。精悍な面立ちに浮かぶ表情は見えないものの、迫力は充分伝わってくる。心臓がにわかに騒ぎ出した。

凄い、カッコイイ……！

「お客様、何か失礼がございましたか？」

声をかけたのは厨房から出てきた大友だ。彼はどっしりとした四角い体型である。

「どうかしましたか」

大友の後ろから出てきた池尻は中肉中背だが、常に目が死んでいる悪役を演じてはまり役だと話題になった、最近人気の個性派俳優に似ている。

黒谷、大友、池尻を前にして、酔っ払いはかわいそうなほど狼狽《うろた》えた。

「も、もういい！　こんな店二度と来るか！」

吐き捨てた男は、よろよろと店を出て行った。ともあれ入ってきたときよりはしっかりとした足取りだったから、酔いが冷めたのかもしれない。

ドアが閉まって、律は思わずため息を落とした。黒谷の広い背中も、緊張から解放されたのが見てとれる。

黒谷が振り返ると同時に、晴代が心配そうに尋ねてきた。

「律君、大丈夫？ 怪我しなかった？」

「は、はい、大丈夫です。すみません」

どうにか頷いていると、大友と池尻もほっと息をついたのがわかった。大友がフロアを見まわす。

「皆さん、お騒がせして申し訳ありませんでした。どうぞ、ごゆっくりお食事をお楽しみください」

客たちは表情を緩めて食事を再開した。調理の途中で出てきてくれたらしく、大友と池尻も素早く厨房へ戻る。晴代も客に呼ばれてレジへ戻った。

再び和《なご》やかな時間が流れ出し、律は改めて安堵のため息を落とした。

「あの、黒谷さん、ありがとうございました」

同じく安堵の表情を浮かべた黒谷に、慌てて礼を言う。

すると黒谷は心配そうに眉を寄せた。

「びっくりしたでしょう。ほんとに大丈夫ですか？」

「あ、はい。大丈夫です。黒谷さんがかばってくれたから、そんなに怖くもなかったし」

頷いてみせると、黒谷は自慢するでもなく、かといって威勢を張るでもなく、ただニッコリ笑った。

「よかった。内倉さんにはいろいろ教えてもらったり助けてもらったりしてるから、これくらいは役に立たないと！」

「そんな、僕は何も。ほんとに、かっ……、助かりました」

危うく「かっこよかった」と言いかけて、慌てて言い直す。

「内倉さん、さっきの酔っ払いが転びそうになったのを支えてあげましたよね。たちの悪い酔っ払いに、なかなかできることじゃありません。俺も見習います」

黒谷は再びニッコリ笑った。

きゅん、と胸が鳴る。

いやいや、かばってもらったからって、こんな簡単にときめいちゃだめだろ！


翌日、律はいそいそと『ロンド』に向かった。会社が休みで家にいた姉に、ふわふわして転ばないようにしなよと注意されたから、傍《はた》から見ても浮かれていたのだろう。

昨夜、酔っ払いからかばってくれた黒谷の声や背中を何度も思い出し、ドキドキしてなかなか眠れなかった。

だって凄くかっこよかったんだもん！

今も思い出しただけでドキドキする。あのときばかりは、強面で暑苦しい体操のお兄さんが、間違いなく渋くてかっこいい王子様に見えた。もともと黒谷の容姿は、律の好みど真ん中なのだ。ドキドキするなという方が無理である。

吹きつけてくるひんやりとした風も何のその、軽やかな足取りで歩いていると、内倉さん、と背後から声をかけられた。

勢いよく振り返ると、カーキ色の上着に黒いパンツ、オレンジ色のランニングシューズを履《は》いた黒谷が歩いてくる。背中にはバックパックを背負っていた。姿勢が良く、体幹がしっかりしているせいか、ただ歩いているだけなのに人目を引く。

「あ、こ、こんにちは」

頬が熱くなるのを感じつつ会釈《えしゃく》すると、真横に並んだ黒谷はニッコリ笑った。

「こんにちは。歩いて来てるんですね」

「あ、はい。うちが歩いて十五分くらいなんです。黒谷さんは、おうち近いんですか？」

「近くはないけど遠くもないです。十二、三キロくらいかな」

「え、遠いですよ。あの、電車で通ってるんですか？」

「いや、徒歩で。帰りは走って帰ります」

何でもないことのように答えた黒谷に、カッコイイ！　と口に出しそうになって、律は慌てて唇を引き結んだ。

だからランニングの格好をしてるのか。

今日だけではなく、バイトがある日は走れる格好で来ていた気がする。

「あの、ひょっとして、バイトの帰りはいつも走って帰ってるんですか？」

「はい。トレーニングの一環ですから」

「来るときは走らないんですか」

「走るのは帰りだけです。汗臭いと店にもお客さんにも迷惑でしょう」

そういう気遣いはちゃんとするんだ。

またしても、きゅんとしてしまう。

「俺、なかなか慣れなくて。お客さんをびびらせてしまうし、内倉さんには助けてもらってばかりで申し訳ないです」

「いえ、そんな、昨日は僕が助けてもらったし！　あと、今は仕事中じゃないので、敬語は使わなくてもいいですよ。名前も、さん付けじゃなくて君付けでいいです」

「わかりました。あ、わかった！」

律儀に言い直した黒谷に、思わず笑う。黒谷も楽しそうに笑った。なんだか良い雰囲気だ。

「黒谷さんは、なんでレストランで働こうと思ったんですか?」

会話を続けたくて尋ねると、黒谷ははきはきと答えた。

「俺がやってるトレイルランは、日本ではマイナーで、あんまり知られてないんだ。プロとして活動してる人も少ない。もっと大勢の人に知ってもらうためには広報活動が大事なんやけど、俺、高校までは野球一筋で、大学に入ってからはトレイルラン一筋やったから、それ以外のことはあんまり知らんねん」

トレイルランについて話しているせいか、あるいは敬語を使わなくていい状況に気を抜いたのか、黒谷は少しずつ関西弁になっていく。

なんかいいな。

標準語より温かみがある気がする。黒谷のよく通る声に合っている。

「大学を卒業した後、スポーツ用品の店でバイトしたんや。けど、そのときもトレイルランをやってるお客さんとばっかり話してしもて。プロでやってくためには、視野が狭《せま》なったらあかんて従兄に注意された」

黒谷に忠告したのは、黒谷の動画を撮影し、編集してアップしている従兄、沼崎稜《ぬまざきりょう》だろう。

SNSに載っていたプロフィールによると、沼崎は二十八歳。会社員として働きながら長期の休みにトレイルランを楽しんでいる。黒谷が海外のレースに出るときは、数人の仲間と共にサポートもしているようだ。

ＳＮＳを見る限り、この従兄は相当なやり手らしい。ちなみに黒谷とは異なる大学の出身だが、黒谷が山岳部に所属する学生だった当時からアドバイスや支援をしていたという。

「それで、お店もお客さんもトレイルランとは関係ないロンドで働くことにしたんですね。もしかしてオーナーの息子さんとイベントで知り合った人って、従兄さんですか？」

「うん、そうや。マラソン大会で何回か顔を合わせるうちに親しくなったて聞いた。社会勉強のために従弟を働かせてやってくれて頼んだらしい。二十四にもなって社会勉強て、恥ずかしい話やけど」

ばつが悪そうに頭をかいた黒谷に、律はぶんぶんと首を横に振った。

「そんなことありません！　何かを一生懸命、一筋にやるのは凄いことです。尊敬します」

我知らず力を込めて言うと、黒谷は驚いたように瞬きをした。かと思うと照れくさそうに笑う。

あ、その笑い方は初めて見るかも。

動画でも雑誌でも見たことがない。カッコイイ。

「ありがとう！　けどほんまに俺、トレイルランバカやから。従兄にはＳＮＳをもっと活用しろて言われてるんやけど、写真とか動画が苦手で、放置しがちやねん」

「僕、従兄さんのチャンネル見せてもらったんですけど、黒谷さん、動画と印象がちょっと違いますよね」

「ああ、ときどきそれ言われる。ちゃんと必要な情報を言わんとあかんて思うと、そのことに集中してしもて、ああいう無愛想な感じになってしまうんや。従兄には、素よりそっちのが見た目に合《お》うてるて言われるんやけど……、あれ？　内倉君が着てるアウター、ワンデイのやつやな！」

　ふいに声を大きくした黒谷に、あ、はい、と慌てて頷く。今日は黒谷とおそろいのアウターの、マスタードイエローを着てきた。

「俺もそのアウター、色違いやけど持ってる！　ワンデイってアウトドアウェアのメーカーやけど、アウトドアが趣味なんか？」

　目を輝かせた黒谷に勢いよく覗き込まれ、律は口ごもった。

「や、そういうわけじゃないんですけど……。普段着るのにいいなと思って」

　前からファンで、黒谷さんとおそろいのを買いましたとは今更言えず、ごまかし笑いをしながら答える。

　黒谷は不審がる様子もなく、そうか！　とやはり嬉しそうに応じた。

「ワンデイはトレイルランを知らん人にも人気なんか？」

「それはわかりませんけど、最近はスポーツミックスっていって、普通のブランドの服とスポーツブランドの服を混ぜて着る人も多いんです」

「へえ、そうなんや！　知らんかった。ウェアきっかけで、一人でもトレイルランを知ってくれる人がおったらええな」

ニコニコと笑う黒谷に、じんと胸が熱くなった。

ほんとにトレイルランが好きなんだな。

黒谷のもっと嬉しそうな顔が見たい。

「僕もせっかくウェアを買ったし、ランニングとかできたらなって思ってて。トレイルランも楽しそうですけど」

僕には到底《とうてい》無理、という言葉を口にする前に、そう思うか？　と黒谷が勢いよく尋ねてきた。迫力に押されて、こくりと頷く。

たちまち黒谷は、ぱあっと精悍な面立ちを輝かせた。

「トレイルランはめっちゃ楽しいで！　そしたら早速、トレーニング始めよか」

「や、あの」

「あ、もちろん最初から山へ行くわけやないから心配せんでもええ。山で走るんは、まずはロードで体を慣らしてからや。内倉君、スポーツ経験は？」

「いえ、ないです。あの、でも、僕」

「経験なくても大丈夫や！　学生時代は運動が好きやなかった人とか、四十歳すぎてから始めた人とかもおるから！　いつ時間空いてる？　来週の日曜とかどうや」

全開の笑顔で矢継《やつ》ぎ早《ばや》に尋ねられ、律は返事に窮《きゅう》した。

『ロンド』で実物の黒谷に会う前も、彼のファンだからといってトレイルランを始めようなどとは一度も考えたことがなかった。自分の運動神経のなさと体力のなさは、自分自身がよく知っている。

うう、でも、こんな純粋なキラキラの目で見つめられたら断れない……。

それが好みの顔なら尚更だ。

「……来週の日曜、空いてます」

「そうか！　そしたら来週の日曜からトレーニングを始めよう！　内倉君が興味持ってくれて俺は嬉しい！　ありがとう！」

完全に体操のお兄さん口調だったが、あまりに笑顔が眩《まぶ》しくて、不覚にもきゅんとしてしまった。

『いやいやいや、何言ってんのりっちゃん、やめた方がいいって！』

スマホの向こうから日菜の慌てた声が返ってくる。

「僕も自信ない。でも一から教えてくれるって言ってたから」

『いくら教えてくれたって、できることとできないことがあるでしょ』

「そうなんだけど、大丈夫だって黒谷さんが言うんだもん」

軽い足取りで家に帰りついた律は、風呂に入って自室に落ち着いた後、早速日菜にメッセージを送った。黒谷さんにトレイルランを教えてもらうことになったよ。すると間を置かずに電話がかかってきたのだ。

『だもん、じゃないよりっちゃん。黒谷さんに、前に三キロ走ったらゾンビみたいになっちゃって、その後、長距離は一回も走ったことないって言った？』

日菜が心配そう尋ねてくる。

律は言葉につまった。

「……言ってない」

『言わなきゃダメじゃん。黒谷さん、トレイルランに興味あるんだったら、きっと三キロくらい余裕で走れるって思ってるよ』

「で、でも、運動が苦手な人でも大丈夫だって言ってたもん」

『だから、もんとか言ってる場合じゃないって。素人《しろうと》の私が考えても、三キロ走るの余裕な人と、一キロどころか全然走ってない人とじゃ、トレーニングのメニューが全然違うってわかるよ。早めに言わないと、黒谷さんに迷惑がかかるよ』

「う、わかった……。ちゃんと話す」

渋々ながら頷くと、日菜が電話の向こう側でため息をついた。そして不思議そうな声を出す。

『てか、なんで急にそんな話になったの？　黒谷さん、全然イメージと違うってショック受けてたじゃん』

律は金曜の夜の出来事を詳しく説明した。

日菜は、わー！　と興奮した声をあげる。

『それできゅんとしちゃったんだ！　ベタだね。凄くベタ！　でも王道！　王道最高！　私もチバショーに体張ってかばわれたらきゅん死する自信あるもん！　王道できゅん死って、ちょろいって思われるかもしれないけど、惚れ直しちゃうよね！　めちゃくちゃわかる！』

「わかってくれて嬉しい！　黒谷さん、基本バリバリの体育会系の体操のお兄さんのノリなんだけど、かばってくれたときは王子様みたいで、ほんとにかっこよかったんだ！」

はしゃいで言うと、日菜が吹き出した。

『ちょ、王子様って。渋くなくてもいいの？』

「それはもちろん渋い方がいいよ。でも、王子様並みにかっこよかったんだから仕方ないじゃん」

『確かに！　かっこよかったら仕方ない！』

日菜と共に盛り上がった律は、ふいに温かい気持ちになった。同性しか好きになれないとカムアウトしたときもそうだが、この幼馴染みの明るくフラットな態度には随分と助けられている。

「日菜ちゃん、話聞いてくれてありがとう」

『えー、急に何言ってんの！　いきなり電話したの私だし。この前チバショーの映画付き合ってくれたし、お互い様じゃん！　また私の話も聞いてよね！』

日菜の明るい声に、うん、と律は大きく頷いた。


翌週の日曜は朝からよく晴れた。気温は低いが、空気は乾いていて快適だ。広い公園には、幼い子供を連れた若い夫婦や年配の散歩者などがのんびりと歩いている。

約束をしたのは午後二時だったが、律《りつ》は三十分も前に公園に着いてしまった。

今日はマスタードイエローのアウター、グレーのパンツ、モスグリーンにオレンジ色のラインが入ったシューズ、という格好をしてきた。

ちなみにカーキ色のバックパックには、スマホとタオル、最低限の着替えとドリンクが入っている。スマホ以外は、黒谷《くろたに》に持ってくるように言われた物だ。

全部選ぶのに、昨日一日悩んじゃった……。

正直、インスタに載せる「今日のコーデ」より悩んだ。

日菜《ひな》のアドバイスに従い、バイトが始まる前の更衣室で、自分が運動音痴なだけでなく、三キロもまともに走れないことを黒谷に伝えた。面倒そうな顔をするかと思ったが、わかった、と黒谷は真面目に応じてくれた。

先に言うてくれてよかった。内倉《うちくら》君に合《お》うたメニューを考えとくから心配すんな！　励《はげ》ますように、ぽん、と優しく背中を叩かれて、またときめいてしまった。

昨日、バイトの帰りに、明日よろしくお願いしますと頭を下げると、黒谷はこっちこそよろしく！　と白い歯を見せてくれた。精悍《せいかん》な面立《おもだ》ちに浮かぶ爽《さわ》やかな笑みに、きゅんと胸が鳴った。

今も楽しみすぎて、めちゃくちゃドキドキしてる。

そわそわとベンチに座ったり立ったりをくり返していると、内倉君！　とよく通る声で呼ばれた。ネイビーのアウターを身につけた黒谷が走ってくる。

律はぴょんと勢いよく立ち上がった。

あ、僕とおそろいのアウターだ！　見た目はやっぱり凄《すご》く渋くてカッコイイ！

「ごめんな、遅れてしもた」

「や、全然大丈夫です！　待ち合わせの時間まで、まだかなりありますから。良い天気で良かったです！」

何か今のやりとり、デートっぽい。

そう考えただけで、更にドキドキしてしまう。

黒谷は嬉しそうにニッコリ笑った。

「走るの、楽しみにしててくれたんやな！」

「えっ、あの、はい……」

走ること自体は決して楽しみではなかったので、返事が小さくなってしまった。

しかし黒谷は微塵《みじん》も怯《ひる》まない。

「心配せんでも、無理のないメニュー考えてきたから大丈夫！　一緒にがんばろう！」

力強く爽やかな、しかし運動音痴《おんち》の文系人間にとっては暑苦しい物言いだ。

うう、また無駄に体操のお兄さんオーラが出てる……。

「まずはフォームをチェックしたいから、ちょっと走ってみてほしい。全力疾走《しっそう》じゃなくて、軽くランニングする感じでええから、あそこの植え込みまで走って、ここまで戻ってきてくれるか？」

はきはきと言って黒谷が指さしたのは、五十メートルほど先にある植え込みだった。

はい、と返事をしたものの、ふと小中高校の体育の授業でからかってきた同級生たちの顔が脳裏に浮かぶ。ほんとに運動できないよなあ、かっこ悪、ていうか何その動き、キモ。悪意がない人のからかいは笑ってスルーできたが、悪意のある人のそれは、気にしないでおこうとしても嫌な気分になった。

大学でも週に一度、体育の授業がある。しかしレクリエーションの延長のような感じなので、運動ができなくても責められることはないし、適当にごまかすこともできる。

真面目に走るのは随分《ずいぶん》久しぶりだ。あきれられたりしないだろうか。

黒谷をちらと見遣ると、ニッコリ！　と笑みが返ってきた。

「まずは俺が走ってみよか。ここまで軽くランニングしてきたから、体あったまってるし」

「え、あ、はい！　お願いします！」

黒谷は律がいきなり走ることに躊躇《ためら》いを感じていると見抜いたようだ。先に行動して、走りやすい空気を作ろうとしてくれているらしい。

優しいな。

またしてもきゅんとする。

「そしたら、見ててな」

黒谷はゆっくり走り出した。

体幹が全くぶれない。素人《しろうと》の律が見ても、安定していると一目でわかる。脚だけで走るのではなく、腹の下全体を使って走っている感じだ。腿《もも》がしっかりと上がっており、腕も大きく振れている。

美しいと言っても過言《かごん》ではない無駄のない走りに、律は我知らず見惚《みと》れた。

動画でも何回も見たけど、生で見ると、もっともっときれいでカッコイイ！

凄いな、黒谷さん。

僕もあんな風に走ってみたい。

生まれて初めてそんなことを思いつつ、引き返してくる黒谷をじっと見つめる。

「お手本になるかわからんけど、こんな感じや」

全く息を切らさずに言われて、はい！　と律は大きく頷いた。

「凄いです。かっこよかったです！」

「え、そうか？　ありがとう」

黒谷は嬉しそうに、そして照れたように頭をかいた。

そんな仕種にもきゅんとしてしまう。

「そしたら今度は内倉君が走ってみてくれるか？」

――そうだった。僕も走らなくちゃいけないいんだった。

ここまで来たんだから走るしかない。

それに、黒谷さんみたいに走れるようになりたいっていう気持ちは嘘じゃないし。

律は意を決して足を踏み出した。黒谷の視線を大いに意識しつつ、言われた通りに植え込みの辺りでUターンする。

うう、苦しい。

黒谷の元に戻ったときには、短い距離しか走っていないにもかかわらず、もう息が切れていた。ぜいぜいと肩を揺らしていると、なるほど！　と黒谷が頷く。

「わかった！　内倉君はまず、筋トレとストレッチから始めよう！」

「えっ、き、筋トレですか？」

思わず顔を上げると、そう！　と黒谷は力強く頷いた。精悍な面立ちに浮かんでいたのは、どこまでも真剣な表情だ。バカにしてもいないし、あきれてもいない。

「内倉君の体そのものが、運動をする準備ができてへんのや。まずはスピードとかより、怪我せんように走ることを考えた方がええ。そのためには、体作りが大事や。だから走るために必要な筋肉をつける筋トレと、体の可動域《かどういき》を広げるストレッチから始めよう！」

「えと、じゃあ、あの、重量挙げの人が、やってるみたいなことは、しなくても……」

「重量挙げの人？」

「こう、物凄く重いやつを、持ち上げる……」

律は肩で息をしながらも両脚を踏ん張り、重量挙げの選手の真似をした。

あれは僕には絶対無理だ。

すると、ハハ、と黒谷は明るく笑った。

「ベンチプレスか。そういうのはせんでもええ！　筋肉をつけることが目的やのうて、あくまで走る体を作ることが目的やから。筋トレっていうても体を動かすだけや」

心底ほっとしていると、黒谷は軽く首と足首をまわした。

「俺がやってみせるから、同じようにやってみてくれるか？」

「あ、はいっ」

「大丈夫か？」

黒谷が心配そうに声をかけてくれたのは、律の息がまだ整っていなかったせいだろう。

「だ、大丈夫、もう大丈夫です」

慌てて首を縦《たて》に振り、上半身を起こす。

すると黒谷は両脚を肩幅くらいに開き、目線の高さに両腕を上げた。そしてゆっくりと腰を落とす。

「爪先《つまさき》と膝は外向きに。膝はなるべく出ないように。うつむかないで、頭から背中の線がまっすぐになるようにする」

言いながら、再びゆっくりと膝を曲げた。ひとつひとつの動作が美しくて感心してしまう。

「いわゆるスクワットや。内倉君もやってみて」

はい、と神妙に頷いた律は、見よう見まねで両脚を広げ、両腕を上げて手を重ねた。そして黒谷に倣《なら》って膝を曲げ――ようとした。

「っ！」

痛い痛い痛い痛い！

太腿《ふともも》や腹が悲鳴をあげる。体勢をキープできない。

「下向くな、前見て。背筋を伸ばそう！」

背中を柔らかく叩かれ、律は反射的に、ビシ、と背を伸ばした。

「そうそう、ええぞ！　まっすぐになった！　そのままの体勢で、ゆっくり膝を伸ばして」

言われていることの意味はわかる。

が、律は腰を落とした状態で固まった。膝を伸ばしたくても伸ばせないのだ。だからといって、両腕を上げて腰を落とした状態をキープするのも苦しい。全身がぷるぷると震えてくる。

「ああ、無理せんでええ、元に戻して……、っと、危ない！」

後ろにひっくり返りそうになった体を、黒谷が腕をつかんで引き戻した。反動で黒谷に抱きついてしまう。黒谷は少しもよろけることなく、しっかり受け止めてくれた。

ぎゃー！　僕はなんてことを！

「す、すみません！」

慌てて離れようとするが、まだぷるぷるしている体は思い通りにならない。

「大丈夫や、気にすんな！　慌てんと、ゆっくり立って」

黒谷の励《はげ》ます物言いに従い、律はゆっくりと体勢を立て直した。そしていつのまにか強くつかんでいた黒谷のアウターをそっと離す。

びっくりした……。

顔がやたらと熱い。心臓もバクバクと脈打っている。

それがスクワットの失敗が恥ずかしかったからか、それとも黒谷にくっついたせいか、自分でもよくわからないまま、すみませんと律はもう一度謝った。

「僕、全然うまくできなくて……」

「今日が初めてなんやから、うまいことできんでも気にせんでええ。続けてくうちにできるようになるから！」

黒谷はやはり元気づけるように言う。

やっぱり優しい。

それに、先ほど抱き止めてくれたときはかっこよかった。

「家で一人でやるときは、最初は高さ五十センチくらいの椅子に腰かけた状態からスクワットするとええかもしれん。もし体勢が崩れても、椅子に腰かけたら怪我せんし。ほんまは一日に十回くらいから始めるといいんだけど、決まってるわけやないから、自分ができる範囲でやってみてくれるか？」

「はい。じゃあうちでは椅子でやってみます」

「うん。そしたらもう一回やってみよか。危なかったら俺が支えるから安心して！」

今度は支えてもらわないようにしないと。

や、でも、また抱きとめてもらうのもいいな。

二つの気持ちの間で揺れながら、律は再び脚を開いた。両腕を上げ、浅く膝を曲げる。今度は、やばい、と感じるぎりぎりのところで膝を伸ばした。それだけの動作で、またしても軽く息切れしてしまう。

律のスクワットは、へっぴり腰で滑稽《こっけい》な踊りを踊っているように見えるのだろう。公園を行きかう人たちの好奇の視線が痛い。

しかし黒谷は通りすがりの人など全く気にしていないらしかった。ええぞ、その調子！　良うなってきた！　と大いに褒《ほ》めてくれる。

これはこれで恥ずかしい……。

しかしお世辞ではなく本心から褒めているとわかるので、やめずに続けてしまった。

「毎日やってたら自然とできてくる。息も切れんようになるはずやから」

「ほ、ほんと、に、で、できるように、なり、ますか」

「なる！　継続は力なりや！　よし、一旦休憩しよか！」

力を抜いた途端によろけた体を、黒谷はまたしっかりと支えてくれた。

うう、申し訳ないけど嬉しい！

今度は本当に、体を動かしたせいだけではなく、恥ずかしさと喜びで頬が火照《ほて》る。耳や首筋まで熱い。

このままくっついていたいけど、あんまりくっついてると変に思われるかも。

すみませんと謝って離れようとしたが、肩を抱いていた黒谷の腕にぐっと力が入った。逆に強く抱き寄せられてしまう。

「わっ、く、黒谷さん?」

驚いて顔を上げると、間近に精悍な面立ちがあった。なぜか驚いたように目を丸くしている。

え、びっくりしたのは僕なんだけど。

ていうか近い!

慌ててうつむいた律は、改めて黒谷の胸を軽く押した。

「あの、ほんとにもう、大丈夫です。ちゃんと立てますから、すみません」

ああ、うん、と珍しく歯切れの悪い返事をした黒谷は腕を離した。なぜか不思議そうに己の手に視線を落とす。

しかしすぐ気を取り直したらしく、律を見下ろした。

「筋トレした後、ストレッチをしといたら筋肉痛が和《やわ》らぐ。あと、マッサージするんもええ。それでも筋肉痛になったら、ある程度痛みがとれるまで筋トレは中止や。軽いストレッチだけ、できれば風呂上がりにすること。痛いのに無理してやったらあかん」

はい、と律は手で顔をあおぎつつ頷いた。

確かにこれだけ普段やらないことをやったら筋肉痛になるよな……。

「終わったら銭湯行こう。その後、念のためにマッサージしたげるから」

予想外の言葉に、えっ! と思わず声をあげてしまう。

すると黒谷は、ニッコリ! と笑った。

「痛いことはせんから大丈夫！　俺もシーズン中はプロに頼んでるけど、普段は自分でやってるからマッサージには慣れてる。セルフケアのやり方も、そのとき説明するからな！」

勢いに押されてはいと頷いたものの、頭の中は「銭湯」という言葉でいっぱいだった。

銭湯に入るとき、黒谷さんは裸だよな。もちろん、僕も裸だ。

カーッと頭に血が上った。

え、ちょ、銭湯ってやばくない？　やばいよね、だって二人とも裸だよ？　どうしよう！

今まで恋はたくさんしてきたが、実際に誰かと付き合った経験はない。相手が同性故《ゆえ》に、告白すらできなかったパターンがほとんどだ。だから手をつないだこともなければ、キスをしたこともない。

それなのにいきなり裸って……！

激しく動揺している律とは反対に、黒谷は体操のお兄さんモードで明るく言った。

「そしたら次の筋トレやろか！」


「ああ、気持ちええなあ！」

こんなときまで潑剌《はつらつ》とした声が横から聞こえてきて、ソウデスネ、と律は応じた。その声がぼんやりと辺りに響くのは、ここが広い湯船の中だからだ。

先ほどからちらとも隣を見られない。ただまっすぐに銭湯の出入り口を見つめている。

湯船には律と黒谷の他にも年配の男性が三人入っているが、律の意識の中には黒谷しかいない。

だって恋人でもないのに、一緒にお風呂に入ってるんだよ！　想像、ていうか妄想が爆発しちゃうだろ！

黒谷が教えてくれた筋力トレーニングは、全部で三種類あった。ストレッチも三種類である。毎日続けることで体幹が鍛《きた》えられ、更に背中や股関節《こかんせつ》が柔らかくなり、膝や腰に負担をかけずに走れるようになるという。

黒谷は丁寧にやり方を説明し、実際にやってみせてくれた。何ひとつまともにできない律を前にしても、無理だとかやめた方がいいとかは一切言わなかった。そうして約二時間、短い休憩をはさみながら筋トレとストレッチをやった。

久しぶりにみっちり体を動かした疲れから、銭湯のことを忘れかけていた律に、そしたら銭湯行こか！　と黒谷は元気よく声をかけた。

顎《あご》まで湯に浸《つ》かりつつ、律は心の内で葛藤《かっとう》していた。黒谷はすぐ横にいるのだ。直接見なくても気配は伝わってくるし、しっかりと筋肉がついた引き締まった脚は視界の端に入ってくる。

銭湯は、さすがに断った方がよかったかも……。

でも断ったら絶対後悔してた。だってこんなチャンス、もう二度とないかもしれない。

でも、この状態は物凄くマズイ！

「お兄ちゃん、大丈夫か？　顔真っ赤だぞ。のぼせる前に上がった方がいい」

新たに湯に入ってきた白髪頭《しらがあたま》のちんまりとしたお爺《じい》さんに声をかけられ、ひゃい、と律は妙な返事をした。

「ぼ、僕、お、お先に上がりますっ」

言って、律はそそくさと湯船を出た。

ほんと嬉しいけどいろいろ無理！

律はタオルで乱暴に体を拭《ふ》き、素早く衣服を身につけた。黒谷は律をバイト先にいた大学生としか思っていない。だから特別な目で裸を見られることはない。実際、脱衣所で服を脱いでいるとき、見るのも見られるのも全く気にしていなかった。

でも僕は見られたくない！　黒谷さんの裸は正直めちゃくちゃ見たいけど見られない！

黒谷が出てくるのをただじっと待っているのも変な気がして、律は更衣室をうろうろした。

古いマッサージチェアが置かれていることに気付く。

そういえば黒谷さん、マッサージをしてくれるって言ってたっけ。

どんなマッサージかは見当もつかないが、体を触られるのは間違いない。

しっかりと支えてくれた胸と腕の感触や、先ほど見たばかりの黒谷の引き締まった脚が、一気に甦《よみがえ》ってきた。

うわー！　どうしよう！　してもらいたいけどしてもらいたくない！　でもやっぱりしてもらいたい！

またしても一人激しく葛藤していると、内倉君、と呼ばれた。勢いよく振り返った先に、黒谷が立っている。既に衣服を身につけていて、我知らずほっと息が漏れた。

「お待たせ！　あっちの椅子に座ろか！」

屈託《くったく》なくニッコリ笑った黒谷に、はいと応じる。

黒谷さん、僕の裸を見てもほんとに何とも思ってないんだな……。

とうにわかっていたことを改めて思い知らされ、安心したような、残念なような、悲しいような、複雑な気持ちで黒谷について行く。

黒谷はマッサージチェアの反対側にある休憩スペースへ移動した。並べられた椅子には、牛乳を飲みながら新聞を読んでいる年配の男性が一人座っているだけだ。

律はぎくしゃくしながら、男性から少し離れた場所に黒谷と並んで腰を下ろした。

黒谷はバックパックから小さな瓶《びん》を取り出す。

「そしたらまず、マッサージするからな」

「それ、何ですか？」

「オイルや。摩擦で肌を傷つけんようにするために使う。これはハーブの香りやからリラックス効果もあるねん。ズボンの裾《すそ》を膝まで折ってくれるか？」

「あ、はいっ」

もう始めちゃうのか！　まだ心の準備ができてないんだけど！

律はぎこちなくスウェットのパンツの裾を折った。その間に黒谷は掌《てのひら》にオイルをたらし、両手を擦《こす》り合わせて馴染《なじ》ませる。ふわりと爽やかなハーブ系の香りが漂った。よし、と頷いた黒谷は、躊躇《ためら》うことなく律の足元に跪《ひざまず》く。

え、何これ、王子様？　やっぱり王子様なのか？　それとも騎士様？

心の内で大いにときめいていると、何の前触れもなく、剝《む》き出しになった白いふくらはぎを大きな手で包まれた。

ひゃ！　と叫びそうになったのをどうにか堪《こら》える。

「自分でやるときは床に座って膝を立てて、こうやってふくらはぎを両手で包むんや。で、掌を押し込みながら、上から下に向かって動かす」

ふくらはぎをゆっくり揉まれて、びくっと体が跳ねてしまった。

黒谷が慌てたように手の動きを止める。

「ごめん！　冷たかったか？」

「やっ、あ、あの、だい、大丈夫です」

「そうか。そしたら続けてもええか？」

はい、と掠《かす》れた声で応じると、今度はそっとふくらはぎに触れてきた。

「痛いか？」

「いえっ」

「自分でやるときもあんまり強く揉《も》んだらあかん。気持ちええぐらいにしとかんと、揉み返しで余計に痛くなるから」

「はいっ」

「マッサージは運動の直後か、今みたいに風呂上がりにやること。その二つが効果的や」

「わ、わかりました」

「この香りが嫌やなかったら、後でオイルあげるわ」

「えっ、い、いいんですか」

「うん。ちゃんと新品も持ってきたから」

「ありがとうございますっ」

一応返事はしているものの、初めて上から見下ろす黒谷の顔と、ふくらはぎを包み込む大きな掌に気をとられ、内容はほとんど頭に入ってこない。

鼻筋が通っているのが、上から見た方がよくわかる。風呂上がりのせいかもしれないが、大きな掌は熱い。

恥ずかしくて嬉しくて気持ちがよくて、耳や首筋まで火照ってきた。激しく脈打つ心臓が口

れいになる」


から飛び出しそうだ。

「内倉君、色白いなあ」

「え、そ、そうですか？」

「転んで怪我とかした跡もほとんどないし。今もきれいな脚やけど、筋肉がついたらもっときれいになる」

そこまで言った黒谷はふと手を止めた。

見上げてくる気配を感じて、我知らず閉じていた目を開ける。刹那《せつな》、視線がぶつかった。

うわっ、めちゃくちゃ恥ずかしい！

真っ赤になっているのを見られた恥ずかしさから、律は咄嗟《とっさ》に目をそらした。

「あ、あのっ、じ、自分でやる方法、教えてもらえますか？」

つっかえながらも早口で尋ねる。

が、黒谷は返事をしなかった。

「黒谷さん……？」

恐る恐る視線を戻すと、黒谷は両手で包んだ律のふくらはぎをじっと見つめていた。

僕の脚、何か変なのかな。

にわかに不安になる。

「あの、どうかしましたか……？」

恐る恐る尋ねた次の瞬間、黒谷は我に返ったように瞬《まばた》きをした。かと思うとパッと手を離し、ニッコリ笑う。

「や、何もないで！」

「でも……」

「ちょっと湯に当たったみたいでぼうっとしてしもた。ごめん！　そしたらこっちの脚は自分でやってみてくれるか？　オイルあげるから手ぇ出して」

素直に両手を差し出すと、オイルが落とされた。黒谷がやっていたように両手をぎこちなく擦り合わせる。

それから後の黒谷は、いつも通りの「明るくてちょっと暑苦しい体操のお兄さん」で、はきはきと丁寧にマッサージのやり方を教えてくれた。

さっきの沈黙の原因が本当に湯に当たったせいなのか気になったが、マッサージを覚えようと集中しているうちに、いつのまにか忘れてしまった。

律《りつ》は枯れ葉が舞う大学の構内を軽い足取りで歩いた。

今日の講義は二限からだ。一限の最中なのであまり人がいない。

これ幸いと軽く走ってみた。ついでにくるりとターンもしてみる。頬にあたる空気は冷たいものの動きは軽やかだ。太腿《ふともも》とお尻が痛むが、普通に歩けるし走れる。思わずもう一度くるりとまわってみた。

マッサージとストレッチ凄《すご》い！

それを教えてくれた黒谷《くろたに》さん凄い！

しかも昨夜はいつもよりよく眠れた。マッサージで血流が良くなっただけでなく、体にわずかに残っていたハーブの香りのおかげかもしれない。

「おはよう、うっちー」

後ろから声をかけられて振り返ると、語学のクラスで一緒になったことをきっかけに仲良くなった、同じ学部の男子学生の磯村《いそむら》と女子学生の星野《ほしの》がいた。大学に入学した当初は内倉《うちくら》君と呼ばれていたが、今は「うっちー」と呼ばれている。

おはようと笑顔で返した律に、磯村が笑いながら尋ねてきた。

「なんかいいことあったか？」

「まあ、うん。いいことあったって、なんでわかった？」

「さっき一人でくるくるまわってただろ」

「や、そんなにはまわってないよ」

「嘘つけ。まわってたし」

ハハ、と磯村は明るく笑う。

見られていたのが恥ずかしくて赤くなると、横に並んだ星野が覗き込んできた。

「いいことって何？　何があったの？」

「昨日、ちょっと体動かしたんだけど、あんまり筋肉痛になってないから嬉しくて」

「えっ、体動かしたってマジで？」

星野は目を丸くした。彼女は体育の授業でも一緒なので、律が運動が苦手だと知っているのだ。

「ほんとは走ろうと思ったんだけど、いきなり走るのは良くないって言われて。走れる体を作るために筋トレとストレッチをやったんだ」

「走ろうとしたんだ。偉いじゃん！」

素直に感心してくれた星野は、日菜《ひな》と似たところがある。誰に対してもフラットで偏見がない。

ちなみに日菜には昨夜、トレーニングに行ってきたと報告済みだ。日菜ちゃんのおかげだ、ありがとう！　と送った。よかったね！　というメッセージと共に、可愛らしくキャラクター化されたチバショーがニッコリ笑っているスタンプが返ってきた。

まあでも、銭湯へ行ったことと、マッサージしてもらってドキドキしたことは言わなかったんだけど……。

なんとなく、カッコよかった！　とただ報告するのとは違う気がしたのだ。

「走る前に筋トレとストレッチを勧められたってことは、ジムにでも通い出したのか？」

磯村の問いに、首を横に振る。

「まさか。バイト仲間に詳しい人がいて、その人に教えてもらったんだ」

「へえ、よかったじゃん。どうせ体動かすんだったら、故障がないようにメンテしながらやった方が絶対いいって」

うん、と律は大きく頷いた。自己流でいきなり走り出していたら、体のあちこちが痛んで大変な目に遭っていただろう。

黒谷はふくらはぎだけでなく、太腿や股関節《こかんせつ》、腕、背中の筋肉痛に効くマッサージも教えてくれた。

でも、ふくらはぎ以外はあんまり触ってくれなかったんだよな……。

どこをどれくらいの強さで揉《も》むのがいいか、軽く触って教えてくれたが、ふくらはぎをマッサージしてくれたときのように掌《てのひら》でしっかり触れるようなことはしなかった。

ドキドキしているのがばれたのかと一瞬不安になったものの、教えてくれる熱量は変わらなかったのでほっとした。単にセルフケアのやり方を中心に教えた方がいいと判断したのだろう。

だって黒谷さんに会えないときは、自分でメンテしないとだめだし。

『ロンド』で会えたとしても、あくまで仕事だ。トレーニングに付き合ってもらえるわけではない。

今朝、ほとんど痛くないです。ありがとうございました！　と黒谷にメッセージを送った。返事がきたのは、なんとわずか三十秒後だ。

筋肉痛にならなくてよかった！　でも今日は筋トレはしたらあかん、ストレッチだけにして、筋トレは明日からな。マッサージはリラックス効果があるからしてもOK。オイルをちゃんと使ってください。あと、水分はしっかりとって！

関西弁と標準語が入り交じったそれらのメッセージが、次々に送られてきた。どうやら少しでも痛みがあるうちは、無理をして刺激しない方がいいようだ。

「うっちーって運動苦手なんだろ。なんで急に走ろうと思ったんだ？」

磯村が興味深そうに聞いてくる。

「アドバイスしてくれたバイト先の人に影響されて、自分も走りたくなったんだ。その人、凄く長い距離を走るんだよ。トレーニングで毎日十キロくらい走ってて、それも別に苦《く》じゃないみたいでカッコイイんだ！」

力説《りきせつ》してから、ちょっと熱く言いすぎたかと思ったが、磯村も星野も気にしなかったようだ。

なるほどー、と二人そろって頷く。

「それで自分も走れるようになりたいって思ったのか。けどその人凄いな。毎日走るってなかなかできないよ。俺なんか根性も根気もないから、すぐサボっちゃいそう」

「僕も根性も根気もないけど、三日坊主にならないようにがんばる」

磯村に頷いてみせると、今度は星野が尋ねてきた。

「うっちー、夏休みの前くらいから服の趣味がちょっと変わったよね。それもその人の影響？」

「ほっしー、うっちーのことチェックしすぎじゃね？」

すかさずツッこんだ磯村に動じることなく、星野は言い返した。

「言っとくけど、うっちーのインスタ見てるの私だけじゃないからね。うっちーのコーデって女子にも参考になるから、見てるコけっこういるんだよ。前はどっちかっていうときれい系の格好が多かったけど、最近はアウトドア系の服とミックスしてるじゃん。今日のアウターもスモーキーなピンクがカワイイよね。似合ってる！」

「ありがとう。その人が持ってるアウターとかシューズのブランドをチェックしたら、カワイイのがいっぱいあって。あれもこれもって買ったらバイト代がけっこう飛んでっちゃった」

「まあ、服は無限にほしくなっちゃうから……。でもそれほんとに凄くいいよ。いいなあ、私も買っちゃおうかな」

おいおい、と磯村が再び横から口を出してくる。

「うっちーは背は低めだけど全身のバランスがとれてるし、癒《いや》し系のアイドル顔だから、そういうピンクが似合うんだよ。誰にでも似合うわけじゃない」

「ちょっと。それどういう意味？　私には似合わないって言いたいの？」

「ほっしーにはもっとはっきりした原色が似合うと思う。性格も竹を砕《くだ》いたみたいだろ」

「はあ？　砕いてねーし割ってるし。ていうか割ってもないし」

二人の賑《にぎ》やかなやりとりに、律は笑った。

「僕もほっしーははっきりした色が似合うと思う。同じピンクでも、もっと鮮やかなピンクの方がいいんじゃないかな。赤とかオレンジも似合うよね。この前着てた赤のニットもかわいかった！」

「え、そう？　ありがとう！　あのニット、凄く気に入ってるんだ。うっちーに褒《ほ》められると自信ついちゃうな」

「俺も褒めたのに態度が違う」

唇を尖らせた磯村に、星野はすました顔をした。

「磯村っちに褒められても別に嬉しくないし。ていうかあんた褒めてないじゃん」

「ええー、褒めましたー」

「褒めてない。褒めるって言葉を辞書で調べてから出直してきて」

ええー、とまた言いながらも磯村は笑っている。

たぶん、磯村っちはほっしーのことが好きだ。

星野は気付いていないらしいが、磯村を嫌いではないようだから、いずれは付き合うかもしれない。

——いいなあ、羨《うらや》ましい。

胸の奥が微《かす》かに痛んだものの、律はすぐに気持ちを切り替えた。

今は僕もロンドで黒谷さんと会えるし！

僕は僕で幸せだ。


火曜日はストレッチだけにしたが、水曜と木曜は教えてもらった筋トレとストレッチを全てやった。こまめにマッサージもした。日に日に筋肉痛は消えていき、『ロンド』へバイトに出かける金曜日には、痛みはほとんどなくなった。

マッサージをしたとき、オイルのハーブの香りが黒谷の熱い掌の感触を思い起こさせて、一人赤面してしまったのは秘密だ。

その間も黒谷のインスタグラムやツイッターをチェックしたが、更新はなかった。撮影が苦手と言っていたのは事実のようだ。

かわりと言ってはなんだが、黒谷の従兄《いとこ》が撮影した動画はアップされていた。山を下るときの走り方を解説しており、バネを活《い》かした力強い走りにドキドキした。

こっちの黒谷さんも、やっぱり凄くカッコイイ！

コンコンと更衣室のドアが叩かれ、はいと返事をする。物置兼ロッカールームのドアから顔を覗かせたのは黒谷だ。目が合うとニッコリ笑う。

「こんばんは、内倉君！」

「こんばんは、お疲れ様です。日曜はありがとうございました」

ニッコリ笑みを返すと、黒谷はなぜか驚いたように瞬きをした。

あ、この感じ、ふくらはぎをマッサージしてもらったときと似てる。

不思議に思って首を傾《かし》げて見上げる。すると黒谷は、また瞬きをした。

「かわいい……」

小さなつぶやきに、え？　と声をあげる。

黒谷は慌てたように、いや、と首を横に振った。

「内倉君、いつもニコニコしてるやろ。そういうの、ええなと思《おも》て」

「そうですか？　ありがとうございます」

子供の頃から、笑顔がいいと褒めてくれる人は多い。誰に褒められるのでももちろん嬉しいが、黒谷に褒めてもらえるのは特別嬉しい。

我知らず微笑むと、黒谷も気を取り直したように再びニッコリ！　と力強く笑った。

「筋肉痛は大丈夫か？」

「はい。黒谷さんに言われた通り、月曜は休んで火曜から始めたんですけど、ほとんど平気でした」

「よかった！　ちゃんと毎日続けられてるか？」

「はい。黒谷さんが無理のない範囲でできる筋トレとストレッチを教えてくれたから、続けられてます」

「そうか！　一人でやってると、くじけそうになるときがあるからな。そういうときはいつでも俺に連絡してくれ。励《はげ》ますから！」

シャツのボタンをとめつつ見下ろしてきた黒谷は、至極《しごく》真面目な顔をしていた。

冗談――ではなさそうだ。

「はい、ありがとうございます」

ペコリと頭を下げた律は、頬が緩《ゆる》むのを感じた。

こういう風に、全力でサポートしてくれるところも好きだな。

寡黙《かもく》で渋い人が好みだと思っていた。黒谷がそうでないと知ってがっかりしたはずなのに、いつのまにか押しが強くてはきはきとした「体操のお兄さん」もいいと思ってしまっている。

僕、ちょろいのかな……。

でも、きゅんとしちゃうんだからしょうがない。

「あの、黒谷さん、一昨日《おととい》従兄さんがアップされた動画見ました。山を走るのって、道を走るのとは全然違いますね」

「お、見てくれたんか。ありがとう！」

エプロンの紐《ひも》を結んだ黒谷は、さも嬉しそうな顔をする。

またきゅんと胸が鳴った。こういう顔も好きだ。

「黒谷さん自身のトレーニングもしなくちゃいけないのに、日曜は僕に付き合わせちゃってすみませんでした」

「そんなんは全然気にせんでええ！　あの動画はちょっと前に撮ったやつやし、自分のトレーニングは平日にちゃんとやってるから。内倉君のおかげで、基礎の大切さを改めて学べたから、俺にとってもよかった」

どこまでも真面目な口調に、カアッと頬が熱くなった。

「それがほんとなら嬉しいです」

赤くなっているだろう顔を見られたくなくて、うつむき加減で答える。

すると視界の端で、黒谷が急に右手を上げた。

何だろう。

不思議に思ってこちらに伸ばされた大きな掌を見上げると、黒谷はどういうわけか急に拳を握った。そのまま勢いよく手を下ろす。

「内倉君！」

「えっ？　は、はい」

「今日もよろしく！」

「あ、はい。よろしくお願いします」

うん、と頷いた黒谷は素早くまわれ右をすると、あっという間に更衣室を出て行った。

律はぽかんと口を開けた。

さっきの手、何だったんだろう。僕の髪に何かついていたんだろうか。

着替えを終えた律は、隅に置いてある姿見で頭を見てみた。何もついていない。

もしかしたら、僕が気付かないうちにとってくれたのかも。

なにしろ律には想像もつかない速さで動く人だ。山を下る動画でも、まるで忍者のようだった。

黒谷さん、凄いな。

律は改めて感心しながらフロアに出た。

金曜の夜の『ロンド』は、相変わらず賑わっていた。次から次へと客が訪れる。

常連客たちは黒谷に随分と慣れたらしい。長身強面《こわもて》の男に、いらっしゃいませ！　と全開の笑顔で声をかけられても動じなくなった。もっとも、黒谷自身が少しずつ接客に慣れてきており、最初の頃よりは声のボリュームを落としているし、客に呼ばれても勢いよく近付かないようにしているようだ。

ちょっと渋さが出てきてて、それもまたカッコイイけど、勢い余ってる黒谷さんもいい。

いつものように一人でやってきた玉井《たまい》婦人も、黒谷に慣れたらしい。いらっしゃいませ！と声をかけられ、声が大きいと注意したものの表情は柔らかい。

お冷やとおしぼりを持っていくと、玉井は嬉しそうに笑った。

「いらっしゃいませ、玉井さん」

「こんばんは、律君。寒くなってきたわねえ」

「ええ、ほんとに。お変わりないですか？」

「おかげさまで元気にやってます」

玉井は黒谷にちらと視線を向けた。

「あの子、ちょっとはましになったわね」

「ありがとうございます。後で玉井さんが褒めてくれてたって伝えますね」

「え、そんなの言わなくていいわよ。調子に乗ってまた大きい声を出されたら困るじゃない」

眉を寄せながらも口許《くちもと》は微笑んでいる。

玉井さん、黒谷さんの良さをわかってくれたんだ。

頬を緩めつつ出入り口の奥にあるレジで会計をしていると、からんころん、とドアについた鐘《かね》が鳴った。二十代半《なか》ばくらいのスラリとした長身の女性が入ってくる。仕事帰りらしく、パンツスーツの上に地味なコートを羽織っていた。晴代《はるよ》がいらっしゃいませと声をかける。

会計を終えた客を送り出したそのとき、黒谷、と呼ぶ声が聞こえてきた。反射的にフロアを見遣る。

厨房から出てきた黒谷に、先ほどの女性が声をかけていた。

黒谷は驚いたように目を丸くする。

「増川《ますかわ》やないか。久しぶりやな！」

久しぶり、と嬉しそうに応じた女性に黒谷が近付く。

「一人なんだけど、いい？」

「ああ、もちろん。カウンター席でええか？」

「うん」

「そしたら、こっちへどうぞ」

黒谷は女性を空いたばかりの席に案内した。

誰だろう、きれいな人だな。

黒谷の知り合いが来店したのは初めてである。しかも女性だ。知らず知らずのうちに耳をすませてしまう。

「凄い偶然やな！」

「偶然じゃないよ。DM送ったの見てないでしょ」

「え、そうなんか。悪い。SNSは放置してるから」

「そうだろうと思って沼崎《ぬまざき》さんに連絡をとったの。学生のときにちょっとしゃべっただけだったのに私のこと覚えてくれて、黒谷がここでバイトしてるって教えてもらった」

「マジか。稜《りょう》ちゃんに怒られるな」

「もう怒ってたよ～」

黒谷の従兄、沼崎と学生のときに話したということは、大学の同級生か。山岳部のＯＧかもしれない。

親しげに話している二人の方へにじり寄ると、すみませーんと別の方向から声をかけられた。少し前に来店した家族連れが手を振っている。注文が決まったらしい。

黒谷と女性の会話をもっと聞きたいのはやまやまだが、今は仕事中だ。律は後ろ髪を引かれつつ、家族連れのテーブルへ向かった。

従兄さんに黒谷さんのバイト先を聞いてまでわざわざ来るって、どんな用事だろう。

後で黒谷さんに聞いたら教えてくれるかな。

や、でもプライベートなことだから聞いちゃだめか。

親しくなったといっても、ただバイト先が一緒なだけの関係だ。

――でも、やっぱり気になる。

翌日の土曜日も女性はやってきた。やはり黒谷を呼び止めた彼女は、前日よりも更に気安く話した。

金曜のバイト終わりに、あの人は誰ですかと尋ねようとしたものの思い止《とど》まった。なんでそんなこと聞くんや？　と問い返されるのが怖かったのだ。しかしどうにも気になって、改めて更衣室で尋ねようとしたが、やはり聞けなかった。

難しく考えすぎだ。世間話をするように軽く聞けばいいだけだ。

「そしたらお疲れ様！　また明日な！」

走り出そうとした黒谷の背中に、あの！　と必死で声をかける。振り返った黒谷に、あの、と律は口ごもった。

「どうした。トレーニングで何か困ったことがあったか？」

真剣そのものの問いかけに、うう、と思わず小さくうなる。

黒谷さん、まっすぐすぎる……。

詮索《せんさく》しようとしている自分が恥ずかしくなったが、呼び止めてしまったのだ。聞くしかない。

「いえ、それは大丈夫なんですけど。あの、昨日と今日と、黒谷さんの知り合いの女の方が来ましたよね」

「うん？　ああ、増川のことか。大学の山岳部で一緒やったんや」

「あ、そうなんだ。何か、黒谷さんに用事だったんですか？」

ああ、うん、と黒谷は照れたように頷いた。

ドキ、と心臓が鳴る。

何、その顔。増川さんに会えたのがそんなに嬉しかった？

「増川、スポーツメーカーに就職したんや。もしかしたらそのメーカー、ワカツキていうんやけど、そこにスポンサー契約してもらえるかもしれん」

予想もしていなかった答えに、え！　と律は声をあげた。

「ほんとですか？」

「そういう話が出てるらしい。彼女、広報にいて、俺と知り合いってことで様子を見に来たみたいや。名刺ももらった」

「そうなんだ！　おめでとうございます！」

思わず言うと、いやいやいや！　と黒谷は強く首を横に振った。

「まだ決まったわけやないから！　様子見やから！」

「でも、広報の人がわざわざ来るんだもん、大丈夫ですよ！」

動画や雑誌を見ただけだが、黒谷がプロのトレイルランナーを目指し、日々体を鍛《きた》えていたことを知っている。一緒に働いている間に、オフシーズンでも食生活に気を付けたり、毎日かなりの距離を走ったり、様々な筋トレを欠かさずしていることも知った。それらの努力が報《むく》われてとても嬉しい。

「ほんとによかったですね！」

我知らずニコニコ笑いながら言う。

黒谷は驚いたように瞬きをした後、かわ、とつぶやいた。

「かわ？」

意味がわからなくて首を傾げた律に、いやいや、と黒谷は大きく首を横に振った。わずかに目許が赤いのは、内心では相当喜んでいるせいだろう。

「内倉君に大丈夫て言われると、大丈夫な気がしてきたわ」

「えー、そんな、僕じゃなくても大丈夫って言いますよ。黒谷さんには実績があるんだから！」

そっか。増川さんは黒谷さんにスポンサー契約の話を持ってきただけなんだ。

——でも、本当にそうかな？

いくらスポンサー契約をするに相応《ふさわ》しいか様子を見に来たとしても、二日も連続で来るだろうか。

「あの……、増川さんてどういう人ですか？」

「どういうって？」

「や、あの、なんかスラッとしてて、凄く運動ができそうな人だなって思って」

きれいな人だし、仕事もできそうだし、黒谷さんと話が合いそうだし。

いろいろと付け足したいことが喉の奥まで出かかったが、それらを強引に呑み込む。

「増川は学生のとき、男でもへばってリタイアするトレイルランを完走したこともあったから、体力はあるな。今はマラソンをやってるらしい」

黒谷はあっさりと答えた。

微妙に聞きたいこととは違った答えが返ってきて焦《あせ》る。確かめたいのは黒谷との関係だ。

「一緒にレースに出たりしたんですか？」

「在学中に、二、三回は一緒に出たんとちゃうかな」

「トレーニングも一緒にやったりしました？」

「いや、俺と増川を含めてトレイルランに挑戦してたんは五人くらいやったけど、そろってやることはほとんどなかった。それぞれ体力とか体の特徴が違うから、同じ場所でトレーニングしても、結局は別々のメニューをやることになるし。チームで走るレースもあるけど、基本は個人競技やからな」

黒谷は熱心な口調で話す。

トレイルランの話だから？　それとも、増川さんがらみだから？

——ていうか、黒谷さんてカノジョいるんだろうか。

今更のように気になった。黒谷のＳＮＳや黒谷の従兄のＳＮＳの他、ネット上にもそういった情報はあがっていなかったから勝手にいないものと思っていたが、実際はどうなのだろう。

聞こうか聞くまいか、聞くとしてもどんな風に聞けばいいか迷っていると、黒谷はふいに、ニッコリ！　と笑った。

「スポーツ経験がなくても大丈夫やて言うたやろ。焦らんでも、筋トレとストレッチを続けてたら、ちゃんと走れるようになるから！」

励ます物言いだった。どうやら律が走れないことにもどかしさを感じていると思われたようだ。

そうじゃないんだけど、と思いつつも、はいと応じる。

すると、そうや！　と黒谷は明るい声を出した。

「内倉君、来週の日曜は空いてるか？」

「え、あ、はい、空いてます」

「そしたら来週は一回走ってみよか！　がんばって筋トレ続けたから、そろそろええ感じで走れると思う！」

少しでも、走ることの楽しさを知ってもらいたい。

黒谷が本気でそう思っているのが伝わってきて、じんと胸が熱くなる。

「はい、お願いします！」

黒谷に励ましてもらえるのは嬉しい。個人的にトレーニングに付き合ってもらえるなんて、ただのファンだった頃からは想像できないほど幸せだ。

しかし、胸の奥のもやもやは消えなかった。

「黒谷君、だいぶ慣れてきたね」

開店準備をしている黒谷の背中に声をかけたのは晴代だ。

爪楊枝《つまようじ》の補充をしていた黒谷は振り返り、ありがとうございます！　と笑顔で応じた。

「仕事にはちょっとずつ慣れてきました。でも、接客の方はまだまだです！　ご迷惑かけてすみません！」

「全然迷惑じゃないわよ。真面目に働いてくれてるし、接客だって最初の頃に比べたら随分良くなったし。ねえ、律君もそう思わない？」

「はい。凄くいい感じです」

大きく頷いてみせると、ありがとう、と黒谷は律儀に礼を言った。

照れたような笑顔に、きゅんとする。

カッコイイだけじゃなくてカワイイ。

これから日曜のランチ営業が始まるが、オフィス街で働く人たちが休みのため、平日ほどには混まない。比較的余裕があるので、こうして話していられるのだ。

「でも正式にスポンサーさんがついたら、バイトは必要なくなるね。せっかく慣れてきてくれたのに残念だわ」

眉を寄せた晴代に、律はハッとした。黒谷はオーナー夫婦にも、もしかしたら増川が勤める企業にスポンサー契約してもらえるかもしれないと話したようだ。

――そうだ。スポンサーと契約をかわしてプロになったら、バイトをやめてトレイルランだけに集中することになる。

そしたら黒谷さんには会えなくなっちゃう。

今更だが血の気《け》が引く。増川にばかり気をとられ、肝心《かんじん》なことに考えが及ばなかった。

「まだ全然、そこまで進んでませんから！」

「大丈夫、きっと決まるわよ！　黒谷君、真面目だし努力家だもの」

うんうんと頷いた晴代に、そうだなと厨房《ちゅうぼう》から出てきた大友《おおとも》が応じる。下ごしらえが終わったようだ。

「あの広報の女の子も力になってくれるだろ。礼儀正しくて良い子だよな」

「増川さんでしたっけ。きれいでカッコイイ人ですよね。黒谷さんのモトカノですか？」

いきなり尋ねたのは、大友の後からフロアに出てきた見習いシェフの池尻《いけじり》だ。

ちょっ、僕が聞きたくて聞けなかったことをあっさりと……！

ぎょっとして目を見開いた律をよそに、黒谷は慌てたように首を横に振った。

「いえ、増川はモトカノじゃありません！　前も今も友達です！」

「ほんとに？　でも増川さんは黒谷さんのこと好きなんじゃない？　何回も来るのがその証拠でしょ」

さりげなく核心を突く池尻に、律はまたしてもぎょっとした。黒谷より一つ年下の彼を、以前から独特な空気感の人だなとは思っていたが、こんなに躊躇《ちゅうちょ》なく心の内を口に出すとは思わなかった。

「それは、広報として俺とスポンサー契約するかどうかを見極めたいと思ってるからで！　好きとかとは違います！　俺も増川のことは何とも思ってません！」

黒谷は珍しく、必死と言っても過言《かごん》ではない勢いで否定する。かと思うと、なぜかふいに黙り込んだ。精悍《せいかん》な面立《おもだ》ちがみるみるうちに赤くなる。

ちょっと動揺しすぎじゃない……？

なんだか不自然だ。

池尻が更に追撃《ついげき》する。

「でも俺は、増川さんのあの感じはビジネスとは違うと思うなあ」

「池尻の方が増川さんをよく見てるな」

大友の言葉に、いやー、と池尻は首を傾げた。

「いいなーと思いまして」

「いいなあって？」

「素敵な人だなあと」

オーナー夫婦は顔を見合わせた後、弾《はじ》けるように笑った。

「なんだ、池尻が増川さんに一目惚れなんじゃないか！」

「黒谷君から彼女の情報を引き出したいからって、遠まわしな言い方しちゃだめよ」

大友と晴代にツッこまれ、池尻ははあと頷く。顔色に変化がないのでわかりにくいが、照れているようだ。

池尻さんが増川さんを好きなのは気付かなかった。黒谷さんばっかり見てたからだ。

一人赤面したそのとき、ふと視線を感じた。

顔を上げた瞬間、黒谷と目が合う。

反射的にニッコリ笑うと、黒谷は狼狽《うろた》えたようにぎくしゃくと視線をそらした。

え、なんで？

「あら、もうこんな時間。じゃあ開店しまーす」

晴代の宣言に従い、大友と池尻が厨房へ戻る。律は出入り口のドアの脇に立った。黒谷はドアから少し離れた場所に立つ。

律はちらと黒谷を見た。目が合ったのに視線をそらされたのは初めてだ。

僕、何かしたかな。

不安が湧き上がるのを感じた律は、黒谷の傍《そば》へ歩み寄ろうとした。

すると黒谷は、近寄った分だけ横にずれる。

避けられた？　なんで？

「黒谷さん？」

うん？　と応じながらも、黒谷は更に横にずれた。

「あの……」

「今日もがんばろな！」

明らかに動揺しているとわかる物言いに、はいと頷きつつも困惑する。そうしている間に晴代がドアを開け、クローズの下げ札をとった。外で待っていた客が入ってくる。

最初にやってきた客を見て、律は息をつめた。

増川さんだ！

昨日と一昨日のパンツスーツ姿とは違って、ナチュラルなワンピースを身につけている。後ろでひとつにまとめられていた髪は下ろされていた。

一拍遅れてしまったが、いらっしゃいませとかろうじて声をかけると、こんにちはと笑顔が返ってきた。が、増川はすぐに視線をそらし、黒谷に笑いかける。

「今日はランチが食べたくて来ちゃった。この前聞いたんだけど、ランチでしか出てないメニューがあるんだよね」

「ああ、うん、オムスパな」

まだ動揺が残っているのか、あるいは相手が増川だからか、黒谷の接客はぎこちない。

「律君、三番さんにお冷やとおしぼりお願い！」

晴代に促《うなが》され、律はハッと我に返った。はい、と慌てて返事をして三番テーブルにお冷やとおしぼりを運ぶ。

視線を感じて振り返ると、黒谷がこちらを見ていた。

が、またしても慌てたように目をそらされてしまう。

やっぱり僕が何かしちゃった……？

もしかして、僕が黒谷さんのディープなファンなだけじゃなくて、恋愛の意味で好きだってばれたんだろうか、

「もうだめだ、絶対だめだと思う。何もかもだめ」

だめを延々とくり返すと、長いため息と共に、もー、と返された。

「何回だめって言うのよ。もう聞き飽きた」

「だってほんとにだめなんだもん……」

律はファストフード店の奥まった場所にあるイートイン席で、日菜と向かい合って腰かけて

いる。水曜の夕方、今にもみぞれに変わりそうな冷たい雨から客を守るように暖房が強めにきいた店内は、学校帰りの学生たちでそこそこ賑《にぎ》わっていた。

黒谷さんに嫌われたかも。

でも理由がわかんない。僕、何かしたのかな。

きれいな女の人がロンドに来た。大学の同級生だって。同じ山岳部で、トレイルランにも出たことがあるって。

黒谷さん、友達だって言ってたのに、凄く動揺してた。

ほんとは気になってるのかも。

あんなきれいで運動ができる人に、僕が敵《かな》うわけない。

いつもに比べてかなり後ろ向きなメッセージの連発に、日菜は驚いたらしい。一回直接話そうと誘われ、日菜の大学の近くのファストフード店で待ち合わせることにしたのだ。

「何がだめなの？　私に言わせれば、全然だめじゃないんだけど」

「なんで。全然だめじゃん」

再び、もー、という顔をした日菜だったが、今度は口には出さなかった。

「だって黒谷さん、りっちゃんを無視するわけじゃないんでしょ。普通に返事くれるって言ってたじゃん」

その通りだ。昨日、自撮りした前屈《ぜんくつ》体勢の写真を送った。毎日続けているせいか、以前より手が下に伸びるようになったのをちゃんと見てとってくれたらしく、凄いぞ！　その調子でがんばれ！　と返事がきた。

でも、日曜の帰り際はやっぱり変だった。

目が合ってじっと見つめると、必ず視線をずらされてしまうのだ。まるで異物が目に入ったかのように何度も瞬きをするときもあれば、物理的に距離をとられることもあった。

「だいたい、目が合わないのそらされたのって、りっちゃんが黒谷さんを見すぎてるからそう思うだけじゃない？　何か気になることがあって、そっちを見ただけかもしれないじゃん」

日菜は律の奢《おご》りのハンバーガーを頬張りながら言う。

律はぼそぼそとポテトを齧《かじ》りつつ、上目遣いで日菜を見た。

「じゃあ、距離をとられたのは？」

「それもそっち側に用事があっただけじゃないの？」

「そうかなあ……」

「そういう可能性もあるってこと。りっちゃん、黒谷さんを意識しすぎてセンサー壊れてんじゃない？」

「それはそうかも……」

大好きな憧《あこが》れの人が身近にいるのだ。見ない方がどうかしている。

「今度の日曜に会う約束も、キャンセルされてないんでしょ」

「うん……。それは何も言われてない……」

「じゃあ、りっちゃんと二人で会うつもりでいるってことじゃん。嫌いだったら二人きりで会わないと思う」

「そうかなあ……」

「私だったら絶対会わない。なんで嫌いな奴と二人だけで会わなきゃなんないのよ。ほんとに嫌だったら、嘘でもトレイルラン関係の仕事が忙しくて行けないとか、会わない口実なんかいくらでも作って断れるじゃん」

「黒谷さんはそんなごまかしはしない」

真顔できっぱり言うと、ジュースを豪快に吸い込んでいた日菜はため息を落とした。

「ごまかしはしないッ。じゃないのよりっちゃん。ポイントはそこじゃないから。黒谷さんがいくら無駄に明るくて暑苦しい体操のお兄さんでも、私らより五つ年上の社会人なんだし、ほんとに嫌だったら何とか理由つけて会わないようにするって」

「でも黒谷さん、凄く真面目だから。ほんとは嫌なのに、付き合うって言ったからには最後まで付き合わなくちゃって思って引くに引けないのかも」

うつむき加減で冷めてしまったバーガーを齧ると、あー、もー、と日菜は眉を寄せた。

「後ろ向きだなあ。りっちゃんらしくない」

「う……」

何も言い返せない。日菜の言う通りだ。自分でも、自分らしくないと思う。

するると、日菜は苦笑まじりに首をすくめた。

「まあ、ずっとポジティブなのもある意味ヤバイから、たまにはネガティブでも私は全然いいと思うけどね」

「でも、たまにじゃないんだよ。黒谷さんが視線をそらすようになってから、ずーっとこの辺がもやもやして、ざわざわして、なんか痛いときもあって、落ち着かない」

黒谷とおそろいのマスタードイエローのアウターの胸の辺りを押さえる。今までにも好きになった人はいるが、こんな風に苦しいのは初めてだ。黒谷の一ファンだったときも、これほど胸が痛くなったことはない。

驚いたように目を見開いた日菜は、ふうんと感心したような声を出した。

「とにかく、今度の日曜は行ってきなよ。それでどうしても気になるんだったら直接聞いちゃえ」

「聞くって何を?」

「僕が何かしましたかって聞くの。ついでにその女の人のことが気になるんだったら、それも聞く!」

「えっ、そんなこと聞いたら引かれるかもしれないじゃん」

「黒谷さんはたぶん引かないよ。私は黒谷さんと会って話したわけじゃないけど、りっちゃんの話を聞いてる限りでは、真正面から向かってきた人に対して引くような人じゃないと思う。違う？」

日菜の真剣な問いかけに、律は言葉につまった。

日菜の言う通り、黒谷は引いたりしないだろう。きっと真摯《しんし》に答えようとしてくれる。

「……わかった。聞いてみる」

「よし。がんばれ」

幼馴染みの力強い励《はげ》ましに、ん、と律はしっかり頷いた。

あれこれ考えているだけでは、本当のことはわからない。このもやもやを晴らすためには、思い切って黒谷本人に尋ねてみるしかないのだ。


日曜はすぐにやってきた。

朝から生憎《あいにく》の曇《くも》り空で、底冷えする寒さだ。そのせいか、公園に人影はない。

うう、緊張する……。

律《りつ》はまたしても約束の三十分前に着いてしまった。当然、黒谷《くろたに》はまだ来ていない。自分を落ち着かせる意味も込めて、ゆっくりとストレッチをする。

昨日も一昨日《おととい》も、黒谷はきちんとバイトにやってきた。スポンサー契約の話は順調に進んでいると教えてくれたが、両日とも忙しくてゆっくり話をする時間はなかった。そんな中でもやはり目が合うとそらされたし、近付きすぎると離れていった。

話はしてくれるのに避けられるって、どういうことだろう。

その話し方も、前とは少し違う気がする。若干《じゃっかん》緊張しているように感じられるのだ。

やっぱり僕の気持ちに気付かれたのかもしれない……。

気付いてしまって内心では引いたけれど、今まで通りバイト仲間として付き合おうと努力しているのか。

増川《ますかわ》は昨日、またしてもランチの時間にやってきた。もう一人、山岳部のOGだという女性と一緒だったので、今度も仕事ではなく完全なプライベートだったようだ。

接客で忙しい中でも、なんとか三人を——主に黒谷を観察していたが、いつもより更にぎこちなかった気がする。いくらプライベートで来ているといっても、増川はスポンサーになってくれるかもしれない企業の担当者だ。彼女に対して緊張して当然だろう。

それとも、別の意味で緊張してたとか？

数年会わなかった同級生と再会し、意気投合して付き合い始める。珍しくない話だ。

嫌な考えを否定するために、思わず首を横に振ったそのとき、公園の入り口にネイビーのアウターを着た黒谷が見えた。

やっぱり凄《すご》くカッコイイ!

カアッと全身が熱くなる一方で、胸はズキリと痛んだ。知らず知らずのうちに黒谷から視線をはずしてしまう。

「待たせてごめん!」

「いえ、僕が早く来すぎたんです。すぐ走れるようにストレッチしてました」

うつむき加減で言うと、そうか! と黒谷は応じる。

「今日までサボらんと、毎日筋トレとストレッチをやったのは偉かったな!」

「内緒でサボってたかもしれませんよ」

「いや、サボってへんはずや」

「なんでわかるんですか?」

純粋に疑問だったので、ちらと黒谷を見上げて尋ねる。

一瞬、目が合った。が、今度は黒谷が素早く視線をそらしてしまう。

ズキリとまた胸が痛んだ。

「写真送ってくれたやろ。それに、ロンドで働いているとこを見たらわかる。姿勢が違う。体に軸《じく》ができてるし、歩き方も変わった。ちゃんと毎日トレーニングしてる証拠や」

真面目な口調で言われて、ただでさえ熱かった全身がますます温度を上げる。

見ててくれたんだ。嬉しい。

嬉しいのに、胸は痛いままだ。

姿勢は見てくれてるのに、なんで目は見てくれないんだろう。

耐え切れずに、あの、と口を開きかけると同時に、黒谷が明るい声を出した。

「そしたらちょっと走ってみよか！　まずは、この公園を走ろう。俺も一緒に走るからな。ゆっくりでええから！」

出ばなを挫《くじ》かれた律は質問を呑み込み、はいと返事をした。

とにかく、まずは走ろう。聞くのはその後でいい。

言われた通りゆっくりと走り出す。黒谷も少し離れて並走《へいそう》し始めた。

いつになく体が軽い。以前は走る度《たび》に全身に重力がかかる感じがしたが、今は重さをあまり感じない。

「もう少し上半身を起こして。顎《あご》を引いて、背中を意識して！」

隣を走る黒谷のアドバイスに従い、顎を引く。腹筋に力が入る感じがして、更にしっかりと走れる気がした。

「よし、ええ感じや！　腕はもっと大きく振って、肘《ひじ》を後ろへ突き出す。そう、肩甲骨《けんこうこつ》を意識して、その方が呼吸が楽になる。そう、ええぞ！」

黒谷の言う通りになんとか修正しつつ、腕を振る。

あ、凄い。ほんとにちょっと楽になった。

「もう少し、体の力を抜いて。力を入れるんは、踏み込む瞬間だけや。入れる、抜く、入れる、抜く、入れる、顎引いて、入れる、抜く、腕振って、胸を開く感じ、そう！」

姿勢を意識すると腕の振りが疎《おろそ》かになり、腕の振りを意識すると全身に力が入る、という悪循環をしばらくくり返した後、ようやく意識せずに体を動かせるようになった。

筋トレとストレッチのおかげだ。走るための筋肉や体の動きが、初心者なりに体に備わったからこそ、アドバイス通りに走れる。

「ええ感じや、そのまま行こう！」

黒谷が横に並んだ。彼の方を向きたかったが、姿勢が崩れてしまいそうだったので、仕方なく前を向いたまま走る。

頬にあたる冷たい風が心地好いと感じるのは、走ったことで体が温まってきたせいだけではない。

黒谷さんと、走ってるからだ。

黒谷の息遣い、軽やかな足音、腕を振る度にアウターがたてる衣擦《きぬず》れの音。

それらを傍《そば》に感じるだけで、足取りは更に軽くなる。学校の授業で長距離を走る度、一刻も早くこの地獄が終わってくれと願ったのに、今は終わってほしくないと思ってしまう。

こんなの、生まれて初めてだ。

「よし、あそこがゴールや！」

ベンチが置いてある場所を黒谷が指さした。頷いて、スピードを緩めることも速めることもなく走り抜ける。

律は腿《もも》に手をつき、はあはあと肩で息をした。

「よう走れてた。がんばったな！」

「ありがと、ございます……。でも……、黒谷さんに、教えてもらったから、走れたんで……」

「教えても、本人が素直に実行せんとな。自分の優《すぐ》れた身体能力を過信して、怪我する人を何人も見てきた。そういう人より、内倉《うちくら》君はスポーツに向いてる」

「えっ、ほんとですかっ……？」

想像もしていなかった褒《ほ》め言葉に、律は思わず顔を上げた。

黒谷はなぜか驚いたように目を丸くした後、わずかに視線をそらす。

あ、まただ。

「ほんまや！　このまま筋トレとストレッチを続けて、週に一回か二回、今くらいのペースで走ったらええ。そしたら少しずつスピードも出せるようになってくるはずや」

やや早口な物言いは明るいが、目は見てくれない。

またしてもズキリと胸が痛んだ。

こんなのはもう嫌だ。悲しいし寂しい。

怖いけど、ちゃんと理由を聞こう！

そう決意したものの、息がなかなか整わない。自分の体力のなさが嫌になる。

「大丈夫か？　ちょっと座ろか」

心配になったらしく、黒谷がベンチに促《うなが》した。よろよろと腰を下ろすと、彼も隣に座る。そしてバックパックから取り出したタオルを律に差し出した。

「ちゃんと洗ってあるからな」

受け取った律は、ありがとう、ございます、と切れ切れに礼を言った。額を拭《ぬぐ》ったタオルはふわふわで、石鹸《せっけん》の爽やかな香りがする。

優しいな、黒谷さん……。

それなのに、なんで僕を見てくれないんだろう。

我知らず、じわ、と涙が滲《にじ》んだ。咄嗟《とっさ》にタオルで目を覆う。

「どうした、気分悪いか？」

慌てたように背中に手をあててきた黒谷に、律はタオルで顔を覆ったまま尋ねた。

「ぼ、僕……、何かしましたか……？」

「何かって、さっき走ったやろ。急に長い距離走りすぎたかもしれんな。無理さしてごめん、思ったより走れてたからいけると思《おも》てしもて」

今まで一度も聞いたことがない焦った口調で言いつのった黒谷は、律の背中を何度も撫でた。

嬉しいのと悲しいので、ますます涙が出てくる。

「ちが、違う……。違いますっ……。く、黒谷さんが、僕を避けるから……！」

えっ、と黒谷は声をあげた。背中を撫でてくれていた手が止まる。

その反応が避けていたことを認めたように感じられて、胸がひどく痛んだ。新たな涙があふれ出し、頭の芯が沸騰《ふっとう》するように熱くなる。

「目を、合わせてくれないし……、僕が近寄ったら、離れてくし……。ぼ、僕が、気持ち悪いんだったら……、はっきり、そう、言ってください……！」

今日まで我慢して抑えつけていた想いが、次から次へと口をついて出た。

えっ、とまた黒谷は声をあげる。

「気持ち悪いて、なんでそんなこと俺が思うんや」

「だって、僕……、黒谷さんが、好きなんです……。そのことに、気付いたから、避けるんでしょう……」

「や、そんなん、俺も内倉君のこと好きやで」

おろおろとした物言いに、違う！　と思わず大きな声を出してしまう。

「僕の好きは、そういうんじゃない！　恋愛の……、恋愛の意味の、好きです……！」

えっ、と黒谷はまたしても声をあげた。

「ちょ、れ、まっ、え？」

黒谷は間を置かず、驚きと戸惑いの声をあげ続ける。嘘の反応にしては、やけにリアルだ。

もしかして気付いてなかったのか……？

じゃあ、なんで僕を避けたんだろう。

——ていうか、好きって言っちゃった！

熱くなっていた全身が、冷や汗で一気に温度を下げた。

どうしよう。ほんとに嫌われちゃう。

「へ、変なこと言ってごめんなさいっ。あの、忘れてください！」

言うなり、律は勢いよく立ち上がった。そのまま黒谷を見ずに駆け出す。

黒谷なら、律が全力で走っても簡単に追いつけたはずだ。

しかし、追いかけてこなかった。


家に帰った律は、シャワーを浴びて自室に閉じこもった。姉も両親も夜まで帰らない。

僕はバカだ、大バカだ！

僕が何かしましたか、と聞くだけでよかったのに泣いてしまった。その上、告白までしてしまった。

情けなくて、自業自得だとわかっていても苦しくて、またしても涙が滲んでくる。

しかも、黒谷さんは僕の気持ちに気付いてなかったみたいだった。

結局、なぜ黒谷が視線をそらしたり、距離をとるようになったのかわからないままだ。わからないまま、ただ告白して逃げてしまった。

黒谷さん、凄くびっくりしてたな……。

律は男だ。黒谷が増川のことを気になっているのだとしたら、彼は異性が好きな男である。同性に告白される経験は、特別珍しくはないかもしれないが、だからといって、ありふれているとも言えない。驚くのも無理はない。

律が逃げ出した後、一人残された公園で黒谷は何を思っただろう。

やっぱり気持ち悪いって思ったかな。

きっと、僕を嫌になった。

トレーニングの方法を教えたことを後悔したかもしれない。

再びじわじわと涙が滲んできて、律はタオルで顔を覆った。黒谷に借りたものではなく、自分のタオルである。黒谷のタオルは今、洗濯機の中だ。

今度のバイト、どんな顔して行けばいいんだろう。

タオルを返すとき、嫌な顔をされないだろうか。黒谷に嫌悪の眼差しを向けられる想像をしただけで、胸が張り裂けそうなほど痛む。

まだ嫌悪の視線でも向けられたらましだ。完全に無視される可能性も充分ある。

ああ、僕のバカ！　なんてことしちゃったんだ！

その日の夜は後悔と自己嫌悪に苛《さいな》まれ、ろくに眠れなかった。ベッドの上で何度も寝返りを打ったり、泣いたりしているうちに朝を迎えてしまった。

カーテンの向こうが白んでくるのをぼんやり見つめていると、ふいに枕元に置いておいたスマホが音をたてた。

ギクリと全身が強張《こわば》る。また音が鳴った。

壁にかかった時計は六時三十分を指している。

こんな早くに誰だろう……。

瞼《まぶた》が腫《は》れているのを感じつつ、スマホを手にとる。

黒谷さんからだ！

——おはようございます。急な話なのですが、トレイルランのイベントに参加するため、今日から来週の月曜まで一週間、アメリカへ行くことになりました。帰ってきたら、直接会って話したいです。よろしくお願いします。

律は一字一句見逃さないように、何度もくり返し読んだ。

これは、どういう意味……？

直接話したいって、何を話したいの？

黒谷の気持ちが一切書かれていないので、推測することすらできない。しかも今までは関西弁でやりとりをしていたのに、最初から最後まで標準語かつ敬語である。それが余計に黒谷の真意をわかりにくくしていた。

礼儀正しくてまっすぐな黒谷のことだ、文章のやりとりで済ませるのではなく、対面できちんと断ろうと思っているのかもしれない。

ズキズキと痛み続けている胸が、更に強い痛みを訴《うった》えた。

どっちみち、失恋だ。


黒谷がスポーツ用品メーカー『ワカツキ』と正式にスポンサー契約を結んだとわかったのは、それから二日後のことである。

毎日チェックしていた黒谷のインスタグラムに情報が上がっていたのだ。時を同じくして『ワカツキ』の公式サイトと、黒谷の従兄《いとこ》、沼崎《ぬまざき》のSNSにも情報が更新された。

黒谷のインスタグラムでの報告は、スポンサーになってくれた『ワカツキ』への感謝、そして今まで支えてくれた人たちへの感謝が丁寧に綴《つづ》られていたものの、案外落ち着いた感じだった。沼崎の方が喜びを爆発させていた気がする。

『ロンド』には改めて報告に行きますと電話があったようだが、律個人に連絡はなかった。

黒谷さんが会って話したいことって、これだったのかも……。

散々迷ったものの、おめでとうございます、とだけDMを送った。時差を考慮して送ったおかげか、ありがとう！　と間を置かずに返事が戻ってきた。それだけで胸がいっぱいになって、また少し泣いてしまった。

きっと黒谷さんは、このまま『ロンド』をやめる。会って話そうって言ってくれたとしても、もう僕とは生きる世界が違うんだ。会わない方がいい。

律が一方的にファンだっただけで、もともとまるきり縁のない世界の人だ。そう、以前のように、黒谷を応援する一ファンに戻ればいい。始めはただのファンだったのだから、元に戻るだけのことだ。

でも、トレーニングはどうしよう。

黒谷に告白してしまった翌日から、ほとんど惰性《だせい》で続けていたが、黒谷に会えないのにトレーニングをする意味はあるのか？

しゃがみ込んだ律は、しっかりとシューズの紐《ひも》を結んだ。背中にはバックパックを背負い、頭にはツバの短いキャップをかぶっている。

早くも太陽は西に傾き、空気は冷たさを増していた。が、オレンジ色の夕空は明るく晴れ、気の早い星が瞬《またた》いている。

雨は降りそうにないし、風も弱いし、いい感じだ。

ひとつ頷いたそのとき、うっちー？　と声をかけられた。目を真ん丸にして駆け寄ってきたのは星野《ほしの》だ。

「まさかその格好、走って帰るの？」

「うん、走れるとこまで走ろうと思って」

マジで？　と素《す》っ頓狂《とんきょう》な声をあげたのは、星野の隣にいた磯村《いそむら》である。

「ここからうっちーの家まで、どれだけ距離あるんだよ」

「家まではさすがに走れないと思う。疲れたら、途中でバスか電車に乗るつもり」

ええー……、と磯村はあきれたような声を出した。別の友人たちも寄ってきて、どうしたどうした、と騒ぎ出す。

「内倉、やめとけよ。怪我するぞ」

「さすがに無理だって」

「せめて歩いた方がいいよ」

全員がからかうのではなく気遣う口調なのは、律の本気が伝わったせいか。

立ち上がった律は、表情を曇らせている一同を見まわした。

「ほんとに大丈夫だから。心配してくれてありがとう」

ペコリと頭を下げると、ん！　とふいに星野が頷いた。

「私、応援する。がんばって！　でも、もし途中で動けないとかアクシデントがあったら、私でも、誰にでもいいから連絡しなよ」

「そうだぞ。もしスマホ使えないぐらいへばっちゃったら、その辺の人でいいから助けを求めろ」

磯村の言葉に、うんうんと友人たちは首を縦に振る。ここ数日、いつも通りに振る舞っていたつもりだだが、元気がないことに気付いていたのかもしれない。

黒谷さんと会えなくなるのは辛いけど、トレーニングを教わったおかげで、いい友達に恵まれてるってわかった。

「ありがとう。うちに着いたら皆に知らせるね。じゃあ、行ってきます」

言い置いて、律はゆっくり走り出した。がんばれー、無理すんなー、という声援が背中を追いかけてくる。

上半身を起こして顎を引く。腕は肩甲骨を開くように大きく振る。

トレーニングは続けようと決めた。せっかく黒谷に教えてもらったのだ。やめてしまったら、一緒にいた時間がなかったことになってしまう気がした。

大学の帰りに走ろうと思ったのも、黒谷に教えてもらったフォームを忘れないためだ。

バックパックの中で教科書や筆記具、電子辞書等ががさごそと音をたてる。今までこんな風に、ある程度重さのある物を背負って走ったことがないから、物凄い違和感だ。

しかし日曜に黒谷と一緒に走ったときより、体が動いている気がする。

こうやって走ってれば、いつかトレイルランのレースに出られるかな。

プロになった黒谷と一緒のレースに出ることはないだろうが、もし遭遇したら、こんにちは！　と一ファンとして明るく挨拶《あいさつ》しよう。

挨拶は山のマナーだから、きっと黒谷もこんにちはと返してくれる。告白云々《うんぬん》は置いておいて、黒谷はランに関してはまっすぐ評価する人だ。山を走れるようになったなんて凄いな！ようがんばったな！　と褒めてくれるだろう。

その瞬間まで、走り続けるのだ。

「見てこれ、クリスマス限定だって！」

日菜が差し出したのは、キャラクター化されたチバショーのイラストが描かれた、赤いマグカップだ。

「わ、いいじゃん。カワイイ！」

「でしょ！　これいいなあ、買おうかなあ」

アイドルグループ『タキシード』の公式ショップは、日曜とあって大勢の女性で賑《にぎ》わっている。

買い物に行きたいから付き合って、と日菜に誘われたのは金曜の夜のことだ。ネットでは買えないショップ限定のグッズがあるので、それを買いたいという。ちょうどバイトが休みの日曜だったので、律は日菜と出かけることにした。

日菜は買い物を口実にして律を励《はげ》まそうとしてくれたのだろう。彼女には、黒谷のスポンサー契約が公《おおやけ》になったその日に失恋したと報告した。そっか、残念だったね、と短く言っただけだったが、気遣ってくれているのは大いに伝わってきた。

一ファンに戻ろうと決めたものの、黒谷への気持ちが消えたわけではない。昼間はともかく、夜、布団に入ると自然に泣けてくることもある。まだ失恋から立ち直ったとは言い難《がた》い。

とはいえ、間近に迫ったクリスマスに向けて華やかに彩られた街に出ても虚《むな》しい気持ちにならなかったのは、日菜が明るく盛り上げてくれたからだ。ショップに並んだ色とりどりのグッズやファンの熱気も、晴れやかな気分にさせてくれる。

僕も、黒谷さんが載ってる雑誌を買ったり、おそろいのウェアを選んでるときは、とにかく嬉しくて楽しかった。

今日、シャツにニット、ダッフルコート、タック入りパンツ、というきれいめの格好に、敢えて黒谷と色違いのシューズを合わせたのは、そのときの気持ちを思い出そうとしたからだ。

「日菜ちゃん、これは？　これもクリスマス限定デザインだって」

手にとったのは、「ＴＵＸＥＤＯ」の文字がデザインされた革のキーホルダーだ。

日菜はたちまち目を輝かせる。

「あ、それネットで見たやつだ！　実物の方がカッコイイ！」

「二色あるよ。赤と緑」

「ネットで見たときは赤の方がカワイイって思ったけど、緑もいいなあ」

「赤も確かにかわいいけど、日菜ちゃんの普段の持ち物とか服の色を考えたら、緑もアクセントになっていいんじゃない？」

「ええー、迷わすようなこと言わないでよー。どうしよう、どっちにしよう」

真剣に見比べている日菜に、律は思わず微笑んだ。

「じゃあ、緑は僕が買ってあげる」

「えっ、なんで？」

「なんでって、今日誘ってくれたお礼」

「何言ってんの、付き合ってもらってるの私の方なのに」

「いいからいいから、僕も楽しいし遠慮しないで！」

律は緑のキーホルダーをカゴの中に入れた。

日菜は嬉しそうな顔をしたものの、遠慮がちに尋ねてくる。

「ほんとにいいの？」

「いいよ。日菜ちゃんにはいっぱい話聞いてもらったし、そのお礼もかねてプレゼント」

「じゃあ遠慮なく買ってもらうことにする！　ありがと、りっちゃん。めちゃめちゃ嬉しい！」

そのやりとりを、少し離れた場所にいた高校生らしき女の子たちが見ていたようだ。理解のあるカレシいいなあ、一緒に買い物できて羨《うらや》ましい、と話しているのが聞こえてくる。

日菜にも聞こえたらしく、彼女は悪戯《いたずら》っぽく笑った。

「残念。カップルじゃありませーん」

「どっちかっていうと姉と弟だよね」

「なんでしれっと私を姉にした」

「日菜ちゃんの方が誕生日早いじゃん」

「はあ？　二ヵ月しか変わんないでしょ」

他愛《たわい》ないやりとりが楽しい。

黒谷さんは、こういうデートはしないんだろうな……。

出かけるとしたら山か公園、あるいはスポーツショップだろう。もしかしたら恋人の買い物に付き合うこともあるかもしれないが、店の隅で所在なさげに立ち尽くしているに違いない。

あるいは、わけがわからないなりに、ニコニコしながら買い物について行くか。

服とかアクセサリーとか、どれにしようか迷ってる彼女に、ようわからんけど俺はこれがええと思う！　とか言ったりして。

どっちにしても、僕には絶対見ることができない黒谷さんだ。

『タキシード』グッズを堪能《たんのう》した後は、レディースとメンズ、両方が売っているセレクトショップに寄った。あれがカワイイ、これもカワイイと物色《ぶっしょく》し、新しいマフラーを買って店を出た。ほとんど歩きっぱなしだったので、最近流行のカラフルな野菜ドリンクを買って休憩することにした。

「あ、これ美味しい。飲みやすい」

鮮《あざ》やかな色のドリンクの写真を撮った後、早速ストローに口をつけた日菜に、ほんとだ、と賛同する。

「野菜だけじゃなくて果物も入ってるからだね」

道端にはドリンクを持った若者がちらほらいる。空いたスペースを見つけた律と日菜は、ガードレールに並んでもたれた。外は寒いが、暖房のきいた店内にずっといたので体は火照《ほて》っている。

「りっちゃん、疲れなくなったね」

「え、そう?」

「そうだよ。前は一軒行っただけでバテてたじゃん」

「そうか。そうだった」

前にも日菜の買い物に付き合ったことはあったが、二軒続けては行かなかった。すぐに休憩しようと提案していた気がする。

「黒谷さんのおかげだなあ」

律はぽつりと言った。

日菜は首を傾げる。

「筋トレ、続けてるんだ？」

「うん。あと、二回走った」

最初に大学から走って帰ったときは、結局、早々にバスに乗った。無事家に着いたことを友人たちに知らせると、お疲れ、よくがんばった、偉い、と各々《おのおの》返事をくれた。

「そうかあ。凄いな」

「全然凄くないよ。まだゆっくりしか走れないし、距離も二、三キロしか走れないし」

「ゆっくりでもいいいじゃん。全然走れなかったんだから凄い進歩だよ。姿勢も良くなったし」

ぽん、と律の背中を優しく叩いた日菜は、ほとんど同時に、あ、と声をあげた。

うつむけていた視線の先に、黒の艶《つや》やかな革靴が現れる。

反射的に顔を上げると、スラリと伸びた長身に、チャコールグレーのスーツと黒のハーフコートを身につけた男が立っていた。なぜか手には真っ赤なバラの大きな花束を持っている。

黒谷さんだスーツ初めて見たやばいめちゃくちゃカッコイイでもなんでバラの花束？

途切れることなくそう思った瞬間、黒谷はがっくりと膝を折った。

「遅かったか……！」

「えっ、何？　何がですか？　あ、大丈夫ですか？」

律は慌てて黒谷に駆け寄った。

周囲がざわついたのは、一見した限りでは裏稼業《かぎょう》にしか見えない長身強面《こわもて》のダークスーツの男が、五十本はあるだろう真紅のバラの花束を抱えたまま、まるで拳銃で撃たれたかのように膝から崩れ落ちるという、滅多《めった》に見られない光景を目《ま》の当たりにしたせいだろう。もしかしたら何かの撮影だと思ったのかもしれない。

「もうちょっと、もうちょっと待っててくれたら……！　いや、これは言い訳や。あのときすぐに、自分の気持ちに気付かんかった俺が悪い……」

「ちょっ、大丈夫ですか？　なんでここに？　帰ってくるの、明日じゃ」

うなだれた黒谷に尋ねると、彼は身じろぎした。

「内倉《うちくら》君に早《は》よう会いたくて、イベント終わりですぐに飛行機乗った……」

一瞬嬉しくなったものの、すぐに気持ちが沈んだ。

ああ、そっか。会って話したいって書いてくれてたっけ……。

「そんな急いで帰ってきてくれなくてもよかったのに。スポンサー契約も決まったし、忙しいでしょう」

「忙しいても、大事なことはちゃんとせんとあかんやろ。大事なことは、ちゃんと直《じか》に伝えたい」

ズキ、と胸が痛んだ。改まって気持ちがないと伝えられるのは辛い。

「あの、それはもういいです。わざわざ直接言ってくれなくても、わかりましたから。ほんと、僕がこの前言ったことは忘れてください」

ふいに黒谷はガバッと顔を上げた。

少し泣いていたのか、それとも時差の関係で寝不足なのか、目が赤い。

「全然良うない！　俺が鈍《にぶ》かったせいでかわいいカノジョができてたとしても、すぐにはあきらめられん！」

物凄い勢いで言われて、律は瞬きをした。

かわいいカノジョって誰？

あきらめられないって何が？

意味がわからなくて困惑していると、あの、と脇から声をかけられた。日菜がそろそろと寄ってくる。

「黒谷さん、初めまして。私、りっちゃんの幼馴染みです」

そこまで言って、日菜はペコリと頭を下げた。

「だから、カノジョじゃないんで。友達なんで、安心してください」

「ほんまに……？」

「ほんとです。だからちゃんと、りっちゃんに自分の気持ちを伝えてあげてください。りっちゃん、いろいろ思い込んじゃってるから大変かもしれないけど、がんばって！」

日菜は黒谷から律に視線を移し、ニッコリ笑った。

「じゃあね、りっちゃん。私帰る」

「えっ、でも」

「ちゃんと二人で話しなよ」

またね！　と手を振った日菜は駅の方へ駆け出した。小柄な後ろ姿はあっという間に遠ざかる。

その場に残されたのは、律と黒谷だ。黒谷が座り込んだままでいるせいだろう、遠巻きに注目されているのがわかる。

好奇の視線をものともせず、黒谷は花束を手にすっくと立ち上がった。そしてまっすぐに律を見下ろしてくる。その眼差しはどこまでも真剣だ。

「内倉君」

「は、はい」

「俺と、付き合《お》うてくださいっ」

真剣になるあまり、凄んでいるようなドスのきいた声で言って、黒谷はバラの花束を差し出した。そしてきっちり九十度に頭を下げる。

周囲の野次馬たちがざわめいたが、律の耳には届かなかった。ただ、目にも鮮やかな真紅のバラと、黒谷の頭だけに五感が集中する。

え、黒谷さん、今、付き合ってくださいって言った？

僕と付き合いたいってこと？

黒谷は冗談でこんなことを言う人ではない。本気だ。

嫌われてなかったんだ。

それどころか、好かれていた。

胸の奥に小さな喜びの火が灯《とも》ったかと思うと、次の瞬間、激しく爆発した。頭の天から足指の先までが一気に火照る。

「あ、あの……、はいっ、あの、ぼ、僕でよければ……、よろしくお願いします」

顔どころか耳や首筋まで真っ赤になっているのを自覚しながら、しどろもどろで答えた律は、震える手で花束を受け取った。嬉しくてたまらなくて、しかし恥ずかしくて花束で顔を隠す。

ガバッと顔を上げた黒谷は、っし！　と叫んで天に向かって拳《こぶし》を振り上げた。

おおー、というどよめきと共に、パチパチパチとまばらに拍手が起きる。

ありがとう、ありがとう！　とまるでゴールしたばかりのトレイルランの選手のように応じた黒谷は、律に一歩近付いた。

「内倉君」

「はい……」

「言い訳になってしまうかもしれんけど、今までのこと、ちゃんと説明したい。俺の話、聞いてくれるか？」

真摯《しんし》な物言いに、はい、と頷いた律はじんと胸が熱くなるのを感じた。もう何度目かわからないが、改めて実感する。

僕は、この人が好きだ。


「こっちから誘《さそ》たのに散らかっててごめん」

黒谷《くろたに》は床に散らばっていたスーツケースや衣服等をかき集めて隅に寄せた。

いえ、全然っ、と強く首を横に振る。

黒谷さんの部屋、やばい。

あまり熱心に見るのは良くないと思いつつ、つい見てしまうのは、もともと彼のファンだからだ。

電車に乗ること約二十分。たどり着いた1Kの部屋にはウェアやキャップ、シューズ、バックパックの他、補給食の名前が入った複数の段ボール箱、登山で使うようなテントやポール、スキー板、スノーボード、釣り竿《ざお》、果ては自転車まで、ありとあらゆるアウトドアグッズが置かれていた。どうやらクローゼットに入りきらないらしい。

ともあれ、それらに関しては黒谷が言うように散らかってはいなかった。きちんと分類され、段ボール箱や透明な収納ケースに入れられている。しかも、どれも丁寧にメンテナンスされているようだ。

「あ、あの、僕があそこにいるって、よくわかりましたね」

じろじろ見てしまうのをごまかすために言うと、ああと黒谷は頷いた。

「内倉《うちくら》君のインスタ見て、あの辺にいてると思《おも》たんや」

そういえば今朝、今日のコーディネートを上げたとき、『タキシード』の公式ショップへ行ってきます！　と書いた。

僕のインスタ、見てくれたんだ。

じんと胸が熱くなる。

「座ってくれるか？」

スペースを確保した黒谷に促《うなが》され、律は豪華な花束を抱いたままグレーのラグの上に腰を下ろした。

黒谷はといえばコートを脱ぎ、律の正面に正座をする。

三角座りをしていた律は、慌てて正座をし直した。

う、近い……。

それほど広くない部屋に、これでもかと物が詰め込まれているのだ。自然と座れるスペースは狭くなる。

電車の中でも隣に座ったので近かったが、こんな風に向き合ってはいなかったし、二人きりでもなかった。

心臓がドキドキと騒ぎ出すのを感じていると、黒谷は大きく息を吐いた。

「まず、謝らせてほしい。告白してくれたとき、すぐに応《こた》えられんで悪かった」

武士のように背筋をまっすぐ伸ばしたまま頭を下げられ、律は慌てた。

「や、それは、ほんとにもういいですから」

「良くない」

きっぱり言って再び顔を上げた黒谷は、まっすぐに見つめてきた。その瞳には熱が滲《にじ》んでいる。

「言い訳になってしまうけど、俺、今まで一回も恋愛ってしたことないんや。高校までは野球で頭がいっぱいで、大学からはトレイルランで頭がいっぱいで、誰かを特別好きになったこともなかった。正直、恋愛には興味なかった」

黒谷は至極《しごく》真面目な口調で続ける。

「そやから、内倉君に笑いかけられると嬉しいなったり、笑顔がめちゃくちゃかわいいなあて思たり、内倉君の白くてきれいなふくらはぎをもっと触りたい思たり、もっとちゃんと抱きしめたいて思たり、俺のことキラキラの目で見てくる度《たび》に頭を撫でたなったり。俺が言うたことを守って毎日がんばってトレーニングしてるんが、めちゃめちゃ嬉しかったり。仕事中やのに触りたい気持ちが爆発しそうになって、距離とってみたり。今までそういうこと一回もなかったから、自分でもおかしいとは思てた。内倉君は男やけど、キラキラしてておしゃれで、めちゃめちゃかわいいから、そういう気持ちになるんかなて思てた。そやから告白されるまで、ていうか、告白された後も、すぐには恋愛の意味で好きなんやて気付けんかった。ごめん」

黒谷が訥々《とつとつ》と話す度、え、ちょ、そ、まっ、え？　と律は切れ切れに声をあげ続けた。

凄い何回もかわいいって言われた！

まさかそんな風に思われているとは想像していなかったので、顔から火が出そうなほど熱くなる。

「あ、あの、えっと、ありがとうございます……」

「礼を言うんは俺の方や。俺と付き合《お》うてくれて、ほんまにありがとう」

深く頭を下げた黒谷は、神妙な顔になった。

「俺は、いろいろ鈍《にぶ》い男や。恋愛は初めてやから、要領もわからん。けど、この気持ちは本物や。俺は内倉君が、物凄く好きや」

これ以上ないほど真面目で真摯《しんし》な口調だった。

黒谷さん、ほんとに僕のことが好きなんだ。

改めて実感して、カーッと頭に血が上る。

「こ、この花束、僕のために買ってくれたんですね。あの、もしかしてスーツも、僕のために着てくれたんですか？」

「交際を申し込むのに、だらしない格好ではあかんやろう」

大真面目に言った黒谷に、またしても胸の奥が熱くなる。

「あの、黒谷さん」

「うん？」

「僕も、黒谷さんが好きです。大好きです」

湧き上がってきた愛《いと》しさのままに告げると、黒谷は精悍《せいかん》な面立《おもだ》ちを赤く染めた。そして恐ろしいほど真剣な表情になる。

「内倉君」

「は、はいっ」

「抱きしめてもいいですか」

「えっ、あ……、はい、あの……、僕でよかったら、どうぞ……」

花束を抱きしめて言うと、黒谷はそっと両手を伸ばした。思わず目を閉じると同時に、花束ごとぎゅっと抱きしめられる。

わー！　と律は心の内で叫んだ。黒谷の息遣いや体温が、全身で感じられる。心臓が口から飛び出しそうだ。

凄く恥ずかしいけど凄く嬉しい。嬉しくてたまらない。

けれど、まだどこかで今のこの状況が信じられない気持ちもある。

「内倉君」

呼んだ黒谷の声は、熱っぽく掠《かす》れていた。

「キス、してもええか?」

うう、恥ずかしい……!

しかしキスがしたいのは律も同じだ。

こく、と無言で頷くと、ぎこちなく上半身が離れた。思わずうっすら目を開けると同時に精悍な面立ちが間近に迫《せま》り、慌てて再び瞼《まぶた》を落とす。

すると、唇にわずかにかさついた、しかし柔らかなものが押し当てられた。

僕の初キス、黒谷さんだ。

やばい、泣きそう。

目の奥がじわりと痛くなるのを感じていると、一度は離れた唇が、すぐにまた重なった。薄く開いていた唇の隙間から、濡れた感触が強引に押し入ってくる。

「んっ……!」

驚いて目を見開いたものの、拒絶はしなかった。舌先が触れ合って反射的に引っ込めると、口内を乱暴に愛撫される。初めての経験に、ん、ん、と喉《のど》からひっきりなしに声が漏れた。めちゃくちゃ恥ずかしい。

でも、全然嫌じゃない。凄く気持ちいい。

今までキス以上の想像もしたが、そんな妄想は実体験の前では跡形《あとかた》もなく吹っ飛んでしまう。想像は想像でしかないと思い知らされる。

我知らず黒谷の肩口を握りしめると、ようやく唇が離れた。途端に甘い吐息があふれ出る。はあはあと喘《あえ》ぎながら見上げた先に、情欲に燃える黒谷の瞳があった。

ぞく、と背筋に初めての甘い痺《しび》れが走る。

「ごめん……、俺、初めてで、うまいことできんかって……。苦しかったか……?」

全く余裕のない表情をしているのに気遣ってくれる優しさに、胸が熱くなる。

「平気、です……。僕も、初めてだから……。うまく、できなくて、ごめんなさい……」

「初めてなんか……」

目を見開いた黒谷に、ん、と律は小さく頷いた。

「キスも、付き合うのも、初めてです……」

恥ずかしくていたたまれなくて消え入りそうな声で答えると、黒谷は低くうなった。

次の瞬間、再び噛みつくように口づけられる。

「んっ! う、んん……!」

息を継ぐ間も与えられず、口腔《こうこう》を隅々まで舐《な》めまわされた。捕らえられた舌をきつく吸われ、ひくひくと全身が震える。

酸素を求めて口を大きく開くと、くちゅ、と唾液《だえき》が混じり合う淫《みだ》らな水音が耳の奥に響いた。めちゃくちゃ恥ずかしい。それに苦しい。

けれど、信じられないほど気持ちがいい。

律の体の力が抜けるのを待っていたかのように、黒谷はキスを続けたままラグの上に律を横たえた。胸に抱いていた花束が退《ど》けられたかと思うと、シャツの下に着ていたアンダーシャツをパンツから忙《せわ》しなく引っ張り出される。間を置かず、黒谷の手がアンダーシャツの中へ潜《もぐ》り込んできた。

「ん、んふ、ぅん」

冷たい指先で素肌を撫でまわされ、羞恥《しゅうち》とくすぐったさと快感で、喉から色めいた声が漏れる。指先で乳首をひっかかれ、反射的に顎《あご》が上がった。

口づけが解《と》かれた途端、甘い声があふれ出る。

「は、あ、ぁん、や」

両手を使って二つの乳首を同時に愛撫され、律は身悶《みもだ》えた。そこが性感帯のひとつだという知識はあっても、他人に触れられるのは初めてだ。熱心に乳首を愛撫されて生じるむず痒《がゆ》いような快感に、全身が反応するのを止められない。

「ここ、気持ちええか……？」

掠れた声で尋ねられ、こくりと頷く。

「いい……、気持ち、いいです……」

震えながら答えると、黒谷はまた低くうなった。そして右手で強引にセーターやシャツごと、アンダーシャツを引き上げる。

今し方まで弄られていた乳首が外気にさらされたのがわかって、あ、と律は小さく声をあげた。暖房はきいているものの、空気は冷たく感じられるはずなのに暑い。

刹那、黒谷が濃い桃色に染まった右側の乳首に吸いついた。同時に、左の乳首を指先で揉《も》まれる。

「あっ、や、やぁ……！」

先ほどよりも強い快感に、律は色めいた声をあげた。快感に不慣れな体ではとても我慢できず、パンツと下着をつけたままの下半身まで反応する。

こんな早いの、初めてだ。

「待って、黒谷さん、待って」

あっという間に高ぶってしまいそうで、掠れた声で懇願する。

黒谷は右の乳首を執拗《しつよう》に舐めまわすのはやめなかったものの、左の乳首への愛撫はやめてくれた。

ほっと息をついたのも束の間、大きな手が腹をつたって下へと這う。長い指がパンツのボタンをもどかしげにはずし、前をくつろげた。たちまち中で息づいていた性器が下着を押し上げる。

「やっ、だめ、だめ……！」

咄嗟に両手で隠そうとしたものの、黒谷の動きの方がはるかに速かった。迷うことなく大きな手が下着の中に入り込む。

長い指で性器を強く握られ、腰が大きく跳ね上がった。

「あっ！　あん、や、や」

他人に触られるのは、もちろん初めてである。自分の手とは全く異なる硬くて大きな手の動きは、自慰よりもはるかに大胆だ。愛撫されながら乳首もきつく吸われて、腰が淫らに揺れるのを止められない。感じたままの声も止められない。

恥ずかしい、恥ずかしい、恥ずかしい！

でも、気持ちいい、凄く気持ちいい……！

「いく、だめ、いっちゃうっ……」

羞恥と歓喜と快感にもみくちゃにされ、悲鳴に近い声をあげたそのとき、強く促された。

背中が弓なりに反《そ》った次の瞬間、あぁ、と色を帯《お》びた声をあげて達する。性器はもちろん下半身全体に痺れるような快感が急速に広がって、あ、あ、と細切《こまぎ》れに嬌声《きょうせい》が漏れた。

もともとそれほど頻繁《ひんぱん》にはしていなかった自慰とは比べ物にならない快感に侵され、全身が震える。

こんな気持ちいいの、初めてだ……。

ぐったりと力を抜いて荒い息を吐いていると、内倉君、とうなるように呼ばれた。

「ちょっと、ごめんな」

歯切れの悪い口調で言った黒谷は、傍らにあったタオルを律に握らせた。そしてなぜか律から離れようとする。

「どこ行くんですか……？」

急に不安になって尋ねると、黒谷は慌てたような声を出した。

「や！　あの、俺、かなりやばいから、ちょっと、トイレ……」

前屈《かが》みになっている黒谷に、律はきょとんとした。が、次の瞬間には黒谷が言わんとしていることを理解する。少しずつ冷めてきていた体が、再びカアッと熱くなった。

僕に欲情してくれたんだ……！

それを一人で処理しようとしている。

「あ、あの……、僕が、してもいいですか……？」

え！　と黒谷は大きな声を出した。

「や、それは……」

「嫌ですか?」

涙が滲んだ目でじっと見上げると、黒谷は低くうなった。

「……嫌なわけない。けど、ええんか?」

「はい、あの、うまく、できないと思うけど……、したいです……」

黒谷はまた肉食獣のようにうなり声をあげた。

「それは、全然気にせん」

低く掠れた声で言ったかと思うと、黒谷はベルトをはずした。スラックスを下ろした後、わずかにためらったものの、下着も引き下ろす。

ゆっくりと体を起こした律の目の前で露《あら》わになった性器は、律の細身のそれとは色も形も大きさも違っていた。猛《たけ》々《だけ》しく高ぶっているせいで、余計に大きく見える。

こく、と思わず喉が鳴った。

僕に欲情して、こんなにしてくれたんだ。

「さ、触ってもいいですか……?」

ああと黒谷が応じてくれたので、震える手で恐る恐る触れる。そうっと握ると、黒谷が息をつめた。

「あ、あの、大丈夫ですか?　気持ち悪くない……?」

「……平気や」

「じゃ、じゃあ、もっと触りますよ」

黒谷が無言で頷いたのを確かめて、律は手を動かした。

さっき、黒谷さんはどういう風にしてくれたっけ。

なんとか思い出そうとするが、無我夢中《むがむちゅう》だったので思い出せない。とにかく気持ちよくなってほしい一心で手を動かす。

「気持ち、いいですか?」

ああ、と熱いため息まじりの応えが返ってくる。ちゃんと感じてくれているようだ。

安堵すると同時に嬉しくて、律はますます熱心に手を動かした。掌《てのひら》に伝わってくる熱と脈動は、律自身も興奮させる。むき出しの腰にじわじわと熱が広がっていく。

思わず身じろぎすると、強い力で腿の上に抱き上げられた。あ、と声をあげた律にかまわず、黒谷はゆるりと勃《た》ち上がった性器に手を伸ばす。

「やっ、だめ……!」

制止の言葉を聞かず、黒谷は律の性器を容赦《ようしゃ》なく擦《こす》った。強い刺激に全身が跳ね、手が止まってしまう。

「内倉君も、触って」

「う、やあっ……、そんな、強く、しないで……!」

必死で手を動かしながらも、律は腰を揺らした。先ほど達したばかりなのだ。とても長くは

もたない。

「黒谷さ、だめっ……、また出ちゃう、出ちゃうからぁ……！」

「律君、……律、好きや、好き」

熱を帯びた声で名前を呼ばれたかと思うと、強い力で抱き寄せられた。間を置かず、黒谷は己の性器と律の性器をまとめて強く擦る。

次の瞬間、律は色めいた悲鳴をあげて極まった。黒谷も同時に達する。

全身が芯から溶けていくような錯覚に陥《おちい》って、律は黒谷にしがみついた。しっかりと抱きしめられて涙が滲む。

凄い、気持ちいい。好き。大好き。


真冬の澄んだ冷たい空気が肺に入ってくる。体が内側から磨《みが》かれているような気がして、律は我知らず微笑んだ。

並走《へいそう》してくれている黒谷の走りも軽い。

黒谷さんにとったら凄く遅いペースだからだろうけど、たぶん、それだけじゃない。

もちろん律もただ冬の空気が快《こころよ》いだけではない。黒谷と並んで走っているのが嬉しくて仕方がないのだ。しかも今日は色違いではあるものの、おそろいのアウターとシューズを身につけている。

ペアルックでデートしてるみたいで嬉しい。

みたい、じゃなくて、ほんとにデートなんだけど。

この後、一緒に黒谷のマンションへ帰るのだ。そこですぎてしまったクリスマスのお祝いをすることになっている。

「顎が上がってきた！　顎引いて！」

明るい声で言われて、指示通りに顎を引く。

今日も朝から凍《こご》えるような寒さだったせいか、あるいは師走《しわす》であるせいか、公園は日曜だというのにあまり人がいない。散策や犬の散歩に来ている人はいるが、ベンチ等に留まらずに立ち去っていく。おかげで悠々《ゆうゆう》と走ることができた。

「ラスト一周にしよか！」

黒谷に言われて、はい、と返事をする。

黒谷と両想いになって約二週間。黒谷は先週で『ロンド』をやめてしまったので、会うのは一週間ぶりだ。ちなみに明日は、大友《おおとも》夫妻によって黒谷の激励会《げきれいかい》が開かれることになっている。

黒谷とは、一日に一度はSNSでやりとりをしている。すぐに返事がないこともあるが、その日のうちに必ず返事をくれるのが嬉しい。

ともあれ黒谷は律のインスタグラムを欠かさずチェックしているらしく、朝、「今日のコーデ」を見た黒谷からＤＭがくることもしばしばだ。凄くかわいい！　とか、今日もかわいい！　とか、だいたいいつもそんな内容なので、電話で話したときに他に感想はないですかと尋ねてみた。黒谷は本当にかわいい以外の言葉が見つけられなかったらしく、うーんというなり声しか発しなくなった。長考《ちょうこう》の末、彼が絞《しぼ》り出した言葉が、物凄くキラキラして可愛らしい、だったのには笑ってしまった。嬉しくて嬉しくて、天に昇るほど浮かれてしまったのは言うまでもない。

黒谷と話すきっかけを作ってくれた日菜《ひな》には、恋人になれたことを報告した。よかったね！と大いに喜んでくれた。その一方で、こんなこと言ったらりっちゃんは気を悪くするかもしれないけど、黒谷さんてけっこう変わってるよね、しっかり支えてあげなよ、とも言われた。

黒谷さんて、変わってるかな。

変わっているというより、尋常《じんじょう》でなくまっすぐで純粋な気がする。

そのまっすぐさと純粋さが、律は大好きだ。

ちなみに増川《ますかわ》は『ロンド』にはほとんど来なくなった。黒谷に聞いた話によると、彼女の真の目的は黒谷の従兄《いとこ》、沼崎《ぬまざき》だったらしい。スポンサー契約をきっかけに、沼崎と親しく口をきくようになったため、黒谷個人への接触はなくなったようだ。

でも黒谷さん、増川さんの接客、ぎくしゃくしてたでしょう。少しは増川さんが気になってたんじゃないんですか？

律の問いに、いやいやいや！　と黒谷は首を横に振った。

あれは、内倉君がこっちをじっと見てるんがわかったから緊張したんや。

えっ、そうなんだ。

そうや。俺が内倉君をめちゃめちゃかわいいとか、触りたいとか思《おも》てるんがばれたんかと思て、ひやひやしとった。

そうなんだ……。

取り越し苦労だったとわかってほっとすると同時に、またしてもかわいいと言われて赤面してしまった。

ちなみに増川に一目惚れしていた池尻《いけじり》はというと、表情はあまり変わらなかったが、心なしか残念そうだった。ロンドの料理は凄く美味しかったから、また来るって言うてました。黒谷がそう言うと、気を取り直したらしく、シェフの仕事に励《はげ》んでいる。

ベンチの手前でスピードを緩めて足を止めると、黒谷も立ち止まった。グローブをはめた手で拍手をしてくれる。

「最初の頃よりかなり走れてるな！　スピードも上がった。筋トレとストレッチ、ちゃんと続けてる証拠や！」

「はい……、マッサージも……」

「そうか。偉いぞ！」

肩で息をしている律とは反対に、黒谷はほとんど息を切らしていない。サングラスをかけた精悍な面立ちは、凛々《りり》しさと野性味が感じられる。

うう、やっぱり見た目も凄くカッコイイ！

そのカッコイイ人が、僕の恋人とか！

大いにときめきながら、律は黒谷と並んでベンチに腰を下ろした。黒谷はおもむろに背負っていたバックパックを下ろす。

見るとはなしに見ていると、バックパックの中からサングラスが出てきた。黒谷はそれをひょいと律の顔にかける。

「あげる」

「えっ、いいんですか？」

「ああ。眩《まぶ》しそうにしてたからな。目からも紫外線は入ってくるから、かけといた方が疲労が少ない」

「ありがとうございます！」

一度サングラスをはずした律は、改めて全体を眺めた。黒谷が今かけているサングラスと同じメーカーのものだ。

もらったことそのものも嬉しいが、眩しそうにしていたことに気付いてくれたのが、何より嬉しい。

律はもう一度サングラスをかけて黒谷を振り返った。

「似合いますか？」

「似合う！」

黒谷は一ミリの迷いもなく即座に答える。

「もー、ほんとですか？　ちゃんと見てください」

「ほんまに似合《にお》てるよ、めっちゃめちゃカワイイ！」

心の底から褒《ほ》めているのが伝わってきて、律は笑み崩れた。

「凄い、クリスマスプレゼントだ。嬉しいです！」

「えっ、それはクリスマスのプレゼントやないで。ほんまのクリスマスプレゼントはうちに置いてあるから！」

「えっ、ほんとに？」

うん、と黒谷は照れくさそうに頷いた。

家にもプレゼントがあると言わなければ、サプライズになっただろう。恋愛に慣れた男なら、きっと黙っていたはずだ。

それを正直に言っちゃうところが黒谷さんらしい。そういうところも大好き。

「僕もプレゼント用意してますけど、二つももらっちゃったら足りないな」

「そんなん気にせんでええ。そのサングラスは俺があげたいからあげたんやから」

「でも、僕ばっかり嬉しいのはだめです。黒谷さんにも嬉しくなってもらいたい。今からだと用意できる物は限られちゃうけど、何かほしい物、ありますか？」

まっすぐ見上げて問うと、黒谷は一瞬、言葉につまった。目が不自然に泳ぐ。

「そ……、そしたら、今日、触らしてくれると嬉しい。内倉君に触るんは、俺にとったらめちゃめちゃ嬉しいことやから」

切れ長の目許を赤く染めながら訥々《とつとつ》と言われて、律も真っ赤になった。

「そんなの、プレゼントにならないでしょ」

「いや、最高のプレゼントになる」

「なりません。だって、黒谷さんに触ってもらえるの、僕も凄く嬉しいし。また僕が嬉しいばっかりになっちゃう」

恥ずかしいことを言っている自覚があったので、うつむいて口ごもる。

すると黒谷は沈黙した。次の瞬間、体にバネでも入っているのではないかと疑いたくなる勢いで、びょん！　と立ち上がる。そしてくるりと振り返った。

「うちに帰ろう！」

「え、でも銭湯は？」

前に一度行った銭湯に、この後行く予定だったのだ。

「今日はなし！　銭湯は今度な。うちで風呂に入ろう。そんでもええか？」

はい、と大きく頷いて、律は立ち上がった。黒谷と一緒にいられるのなら、どこでも何でもいい。

「足大丈夫か？　痛いとこないか？」

「平気です、大丈夫」

サングラス越しでもはっきりとわかる甘くて優しい眼差しを向けられ、じんと胸が熱くなる。

結局、また僕ばっかり嬉しくなっちゃった気がするけど、黒谷さんも凄く嬉しそうだから、いいか。

好きの限界突破

SUKI NO GENKAITOPPA

黒谷蒼平《くろたにそうへい》は、見上げるほど急な坂を駆け上がった。

視線は常に三メートルほど先に向ける。足元は見ない。真下を見て走るとスピードが落ちてしまうからだ。

坂の斜度《しゃど》は約二十度。距離は約百メートル。一気に上り切った後、ゆっくり下る。これを毎日十セット行うことで、心肺《しんぱい》能力と脚の筋力を高める。

よく晴れた日曜の朝、住宅地の奥まった場所にある坂に人通りはなく、走りやすい。

五月の爽《さわ》やかな空気が肺を満たす。息は切れるが体は軽い。前へ、前へ、脚も腕も何もかも、意のままに動く。

どこまでも無限に走って行けるような、もしかしたら空も飛べるのではないかと錯覚《さっかく》してしまいそうになる心地が、たまらなく好きだ。

トレイルランニングにはまったのは、そうした感覚を全身で味わえるからだ。確かな理論に基づいて鍛《きた》えた体で、急峻《きゅうしゅん》な山道や草木も生《は》えない荒野を駆けるのは、苦しいけれど楽しい。身も心も解き放たれる気がする。

坂を上りつめた黒谷は、ゆっくり踵《きびす》を返した。そして上ってきたときとは反対に、ゆるゆると坂を下り始める。

カーブを曲がると、坂の下にいた小柄な青年がこちらに向かって大きく手を振った。

「黒谷さん、お疲れ様です！」

二重《ふたえ》の優しげな目が印象的な愛らしい顔立ちは、柔らかな笑みで彩《いろど》られている。我知らず、でれ、と頬が緩《ゆる》んだ。かわいい。

律《りつ》君はいつもめちゃめちゃかわいいけど、今日もびっくりするくらいかわいい。

そんなこの世のものとは思えないほどかわいい内倉《うちくら》律は、黒谷の恋人だ。

付き合って半年ほどが経《た》つが、いまだに会うとドキドキする。

ドキドキというか、ドギマギというか、たまらんというか、なんというか……。

鼓動が早くなるだけでなく、胸が焼け焦《こ》げそうに熱くなる。ときには何かの病気ではないかと疑いたくなるような痛みも伴《ともな》う。そして意味もなく、わー！　と叫んで律の細身の体をぎゅうぎゅうに抱きしめたい衝動に駆られる。二十五年生きてきて、初めてのことばかりだ。

高校一年のとき、同学年の女子生徒に告白された経験はある。が、ものの三日でふられた。

彼女いわく、黒谷君、野球の話しかせんからつまらん。

本当に野球の話しかしていなかったので、なるほどと納得した。告白されたとき、野球に打ち込んでるとこが好きと言ってくれたから、彼女も興味があるのだろうと思っていたが、配慮が足りなかったらしい。もっとも配慮云々《うんぬん》以前に、当時の黒谷は野球以外の話題など持ち合わせていなかったのだが。

ともあれ、彼女を好きではなく、だからといって嫌いでもなかったせいか、ふられても辛《つら》くはなかった。

高校二年のとき、また別の女子生徒に告白された。付き合うことにしたはいいが、ちょうど一週間後にふられた。理由はやはり、一緒にいても楽しくないから、だった。

それ以降、たとえ告白されても丁重にお断りするようになった。

――相手が誰であっても、俺に恋愛は難しい。

よく考えてみると、自分から誰かを好きになったことは一度もなかった。そもそも恋愛に興味がなかった。性欲は人並みにあったが、生理現象として捉《とら》えていたので、粛々《しゅくしゅく》と自分で処理した。

肘《ひじ》の故障で野球ができなくなった後、従兄《いとこ》の沼崎稜《ぬまざきりょう》の勧《すす》めで、大学に入ってトレイルランニングを始めた。おもしろくて楽しくて、瞬《また》く間にのめり込んだ頃、また告白された。今まで通り丁重にお断りしたものの、なぜか粘《ねば》られて付き合うことになった。しかし二ヵ月後にはふられた。黒谷君、私のこと好きじゃないでしょ、と言われてぽかんとした。もともと彼女とは同じ学部というだけで接点などまるでなく、名前すら知らなかったのだ。

たった二ヵ月で興味ゼロの状態から好きになるて、無理やろ。

困惑した黒谷は、ますます恋愛から遠ざかった。嘘偽《いつわ》りなく、俺はトレイルランさえできれば、死ぬまで恋人がいなくていいと思っていた。

そんな中、バイト先で出会ったのが律である。

初対面のとき、世の中にはこんなかわいい男がいるんか！　と驚いた。

とにかく笑顔が衝撃的にかわいかった。当時は自覚していなかったが、一目惚れだったのだと思う。二ヵ月で好きになるどころか、一秒で恋に落ちてしまった。

「黒谷さん、どうぞ！」

律が笑顔と共に、タオルとミネラルウォーターのペットボトルを差し出した。鮮《あざ》やかなレモンイエローのTシャツの上に、大きめのベージュのメキシカンパーカーを羽織《はお》った格好が、よく似合っている。

めちゃめちゃ癒《いや》される……！　そんでやっぱり写真とか動画と違《ちご》て、本物の律君はめちゃめちゃかわいい……！

先週の日曜は、スポンサーになってくれたスポーツ用品メーカー『ワカツキ』主催のイベントに出ていたので会えなかった。洋食レストラン『ロンド』のバイトを辞めてしまったので、平日に会えないのが辛い。

毎日メッセージのやりとりはしていたし、律のSNSも欠かさずチェックしていたが、生身の律には敵《かな》わないと実感する。

律君に出会わせてくれて、しかも恋人にならせてくれて、感謝します！

どこの誰に対してかはわからないが、そう力いっぱい叫びたい気持ちを抑《おさ》え、ありがとう！と礼を言って受け取る。律の応援があれば、空も余裕で飛べそうだ。

「こんな激坂《げきさか》なのに、十本走っても全然スピード落ちないなんて、やっぱり黒谷さんは凄《すご》いですね」

心底感心した、という風にため息まじりに言われて、くすぐったくなる。

今まで大勢の人に運動能力を称賛《しょうさん》され、嬉しかったのは事実だ。しかしこんな風に胸の奥がじんわりするような、それでいてそわそわするような心地になったことはない。

「律君もだいぶ走れるようになったやないか」

「そりゃ、前に比べたら走れるようになりましたけど、こんな坂とか絶対無理ですもん」

「それでも最初の頃より、ずっとちゃんと走れてる。さぼらんとトレーニングとマッサージを続けた成果や。偉いぞ」

頭を軽く撫でてやると、律はさも嬉しそうに目を細めた。白い頬がうっすらとピンク色に染まる。

黒谷はぐっと喉《のど》を鳴らした。

かわいいな、おい！

容姿はもちろんかわいいが、仕種や表情も可愛らしい。

自分が同性を好きになるなんて、律に会うまで想像したことすらなかった。が、そもそも異性も好きになったことがなかったと思い至り、性別は二の次で、律は特別なのだと実感した。

「黒谷さんの教え方が上手なんですよ。僕、子供の頃からほんとに運動神経悪くて、体育めちゃめちゃ苦手だったんです。自分から走ろうなんて思ったことなかった」

「そうなんか？　前にも言うたけど、律君は素直やからスポーツに向いてる」

真面目に言ったつもりだったが、えぇー、と律は声をあげた。

「素直とか、運動と関係あります？」

「ある！　アドバイスを素直に聞けるんは立派な才能や」

「それは僕がランのビギナーだからですよ。黒谷さんはよく知ってるどころかプロだし。専門家がくれるアドバイスなんだから、素直に聞くのは当たり前だと思います」

「いやいや、当たり前やない。どんだけ身体能力が優《すぐ》れてても、アドバイスを素直に聞けんで伸び悩む人もいるからな。メンタルは大事やで」

「へえ、そういうものなんだ」

律はそれこそ素直に感心する。

黒谷はまたしても、でれ、と顔が崩れるのを感じた。

律のこういうところが、たまらなく好きだ。

もちろん、律はただかわいいだけではない。『ロンド』での真面目な仕事ぶりや、朗《ほが》らかな接客には大いに感心した。運動の習慣が全くない上に、苦手意識が強かったのに、黒谷が提案したトレーニングをこつこつとこなすのにも感心した。

当の律は、黒谷さんに褒《ほ》められたくて続けてるだけです、動機不純です、と照れ笑いしていたが、動機が何であれ、継続できるのは素晴らしい才能だ。

実際、トレーニングを始めた当初は一キロ完走するのも苦労していたのに、今は三キロくらいなら余裕で走れている。律の努力の賜物《たまもの》だ。少しずつではあるものの、しっかり走れるようになっていく過程を見守るのは、黒谷も楽しかった。

「次は前に行った公園に行きますか？」

ペットボトルとタオルをザックにしまった黒谷は、いや、と首を横に振った。

「その前に、今日は緩い坂を走るわ。ここから歩いて十分くらいのとこやから移動しよか」

はい、と頷いた律と並んで歩き出す。

何気なく視線を下ろすと、染めているわけではないのに明るめの律の髪が、春の日差しを受けて艶《つや》やかに光っていた。思わず目を細める。

天使……！

視線に気付いたのか、律がこちらを見上げてきた。

琥珀《こはく》色に透ける瞳と、キラキラと輝く長い睫《まつげ》に、ぎゅんと胸が鳴る。

やっぱり天使……！

「緩い坂で、どんなトレーニングをするんですか？」

「ああ、うん。基本はさっきと同じや。スピードを出して一気に上りきって、ゆっくり下る」

「距離はどれくらい？」

「だいたい一キロや。俺は二往復するから、律君は片道をゆっくり走って。しんどかったら歩いてもええし」

「一キロだったら大丈夫です！　あ、でも坂なんですよね。どれくらい急ですか？」

こてんと首を傾《かし》げる動作がたまらなくかわいくて、黒谷は無意識のうちに喉を鳴らした。

落ち着け俺。いくら律君がかわいいからって、さっきから動揺しすぎや。

「あー、斜度五パーくらいやから、さっきの坂に比べたら全然急やない。けど、一キロずっと上りが続く。けっこうきついぞ」

「ずっと上りなんだ……。僕、平坦ばっかり走ってるからなあ。でもせっかくだから、チャレンジしてみます」

「おお、その意気や！　今の律君やったらいけると思う。けど、無理はせんようにな！」

はい、と嬉しげに返事をした律は、弾《はず》むように歩く。

「メインの大会まで、ずっと同じメニューをこなすわけじゃないんですね」

「うん。今年のはじめから、だいたい三ヵ月ごとに区切ってメニューを変えてる」

「そうなんだ！　黒谷さんみたいに体力と技術があっても、百キロ以上走るためにはそれくらい前から計画的に体を作らないとだめなんですね」

十月のはじめに、ヨーロッパで開催されるウルトラトレイル――百キロ以上のトレイルランニングのレース――の大会に出場することになっている。その大会に向けて、一月から計画を立ててトレーニングしてきた。七月に約五十キロの国内のレースに出る予定もあるが、こちらはウルトラトレイルに向けた実践的なトレーニングと捉えている。

大学を卒業してから、ほぼ同じルーティーンをこなしてきた。今年はバイトをしていないので、トレーニングに集中できている。

もっとも、『ワカツキ』が主催するイベントへの参加や、アウトドアやスポーツ系の雑誌の取材が入っているところは、今までとは勝手が違う。レースとは全く別の種類の緊張を感じるときもあるが、トレイルランについて話すのは楽しいし、プロになれた証《あかし》だと思うと嬉しい。

何と言うても、今年は律君が応援してくれるしな！

従兄の沼崎稜をはじめ、高校時代の友人や大学時代の友人、家族も応援してくれている。特に高校の同級生たちは、肘を壊して野球ができなくなった黒谷が、らしくなく落ち込んでいたのを知っている。彼らはプロのトレイルランナーになったことを殊《こと》の外《ほか》喜んでくれて、メッセージやメールを送ってくれた。その気遣いと応援には感謝しかない。

とはいえ律の応援は特別だ。彼の顔を脳裏《のうり》に浮かべるだけで、腹の底から力が湧いてくる。

軽い足取りで歩く恋人を目を細めて見下ろすと、あ、と律はふいに声をあげた。

律の視線の先にあったのは、白い壁の建物だ。ごく普通の住宅地の中に忽然《こつぜん》と現れたそれは、トレイルランのレースに参加するために訪れた、フランスの田舎町で見た家屋《かおく》とよく似ている。

「わー、かわいい！」

目を輝かせた律は建物に駆け寄り、木枠《きわく》の窓の中を覗き込んだ。

カーテンが閉まっているので中の様子はわからなかった。住宅ではないらしく、明かりはついていない。人の気配もしない。

「何のお店だろう。雑貨屋さんとかパン屋さんかな」

「アーヴル　ドゥ　ぺ、て書いてあるから、カフェかバーやないか？」

「アーヴル　ドゥ　ぺ？」

鸚鵡返《おうむがえ》しにした律に頷いてみせた黒谷は、壁に付けられている木製の看板を指さした。

havre de paix と刻印《こくいん》されている。

「フランス語で、安住《あんじゅう》の地とか憩《いこ》いの場とか、そういう意味やから」

説明すると、律はキラキラした尊敬の眼差《まなざ》しを向けてきた。

「黒谷さん、フランス語読めるんだ！　凄いですね！」

う！　かわいい……！

心臓を撃ち抜かれた気がして、黒谷は一歩よろけつつも首を横に振った。

「いや、そんなには読めん。ただ、フランスのレースに参加したとき、ボランティアでスタッフやってくれる地元の人とコミュニケーションがとりたくて、稜ちゃんにちょっと習ったんや。稜ちゃん、英語とフランス語とドイツ語がしゃべれるから」

四つ年上の稜は子供の頃から飛び抜けて頭がよかった。難関と言われる名門大学にも、塾に通わず現役で合格した。しかも、トレイルラン以外にも外国語学習が趣味と言うだけあって、英語とフランス語とドイツ語が堪能《たんのう》だ。今はスペイン語を勉強しているらしい。

へえ、と律は感心した。

「そういえば、動画で沼崎さんがフランス語しゃべってるの見た気がする。あ、でも黒谷さんも、英語話せますよね」

「俺はフランス語も英語も適当や。早口やったり訛《なま》ってたりすると全然聞き取れんし、発音も文法もめちゃくちゃやし、ほとんど勢いでしゃべってるから。まあ、日本語も勢いでしゃべってるから、そんな変わらんかもな！」

もともと滑舌《かつぜつ》が良いことに加え、野球部で散々《さんざん》声を張ったせいだろう、声量もある。外では多少大きくてもいいが、『ロンド』では何度か注意された。

そのことを思い出したのか、律は楽しげに笑う。

「でも、ちゃんと現地の人と会話できてるんでしょう？」

「ちゃんとかどうかはわからんけど、なんとなく通じてる」

「それが凄いんです！　きっと話したいっていう黒谷さんの気持ちが、相手に届くんでしょうね。僕もせめて、英語だけでもある程度しゃべれるようにしなくちゃ」

うんと頷きつつ、律は上着のポケットから取り出したスマホを素早く操作した。店の名前を検索したようだ。

「えーと、アーヴル　ドゥ　ペ……、これだ！　黒谷さんが言った通りカフェみたいです。手作りのプリンが凄く美味《おい》しいって書いてあります。いいな、食べてみたい。あ、でも土日はお休みなんだ……」

残念そうに眉を寄せた律は、もう一度店内を覗き込んだ。

律はかわいい物やお洒落《しゃれ》な物が好きなのだ。黒谷がフランスの田舎っぽいとしか思わない建物も、彼にはお洒落な店に見えるのだろう。

とりあえず俺は、カフェには特に興味はない。

しかし律がにこにこしながらプリンを食べている姿は、物凄く見たい。

そんなのかわいいに決まってる。

「来週の平日、律君が空いてる時間にここでプリン食べよか」

微笑《ほほえ》ましい気持ちになりつつ言うと、律は勢いよく振り返った。

「いいんですか?」

「もちろん! ご馳走《ちそう》するから、プリンでも何でも律君が好きな物食べたらええ。いつやったら空いてる?」

「えっと、金耀の午後だったら大丈夫です! 黒谷さんは? お仕事大丈夫ですか?」

「ああ、来週の金曜やったら空いてる。大丈夫や」

「じゃあ決まり! わー、嬉しいです、すっごい楽しみ!」

律はその場でぴょんと跳ねた。

黒谷はぎゅんと鳴った胸を押さえた。

うぅ、めちゃめちゃかわいい……！


翌日の月曜には、トレイルランの雑誌の取材が入っていた。取材の後、コラムを担当してほしいと依頼され、快《こころよ》く引き受けた。

火曜には、補給食のプロデュースに関する打ち合わせがあった。このときに、先方の食品メーカーからスポンサーになる話が出た。ありがたく受けることにした。

水曜には『ワカツキ』の新作ウェアの試着があった。SNSやカタログに載せるとかで、写真をたくさん撮られた。

その三日間、空いている時間は全てトレーニングに費《つい》やした。

そして木曜。何の予定も入っていなかったので、朝からみっちりとトレーニングをした。

『ワカツキ』がスポンサーになってくれたことで、メディアへの露出が増えた。最初はうまく調整できなくて戸惑うこともあったが、最近は随分と慣れた。むしろ日常にメリハリができたおかげで、よりトレーニングに集中できるようになった気がする。

それに加え、律という恋人の存在も大きい。朝、メッセージのやりとりをし、夜には電話かビデオ通話で話す。毎日そうして連絡をとり合えるのが嬉しい。

今朝も、おはようございます、とメッセージが届いた。何の変哲もない文字の羅列《られつ》なのに、律から届いたというだけで輝いて見えるから不思議だ。

もっとも、直接顔を見て声を聞くのが一番である。

ほんまもんの律君には触《さわ》れるし。

日曜のトレーニングを終えた後、久しぶりに体を重ねた。

もう、たぶん、大丈夫だと思うから……、黒谷さんの、入れてほしい……。

黒谷の愛撫で達した後、律は全身を真っ赤に染めてそう言った。

あまりのかわいらしさといやらしさに衝撃を受けた黒谷は、一瞬意識を飛ばした。

律とはまだ、挿入を伴うセックスをしたことがない。そもそも黒谷には経験がない。大学のとき、短い間付き合った女性に誘われたが、まだ早いのでは、と断って以降、機会がなかった。

正直、律に入れたい欲望は大いにある。男同士のやり方をネットで調べてからというもの、その欲はますます強くなった。律の小ぶりな白い尻の谷間にある、秘められた場所を指で愛撫する度《たび》、己の劣情を突き立てたい衝動に駆られる。

この熱くて狭い場所を押し開いたら、どんなに気持ちがいいだろう。律はどんな声で啼《な》いて、どんな風に乱れるのか。想像するだけで達しそうになるときもあるくらいだ。

しかし同時に、とにかく大事にしたいとも思う。まだ指が二本しか入らないのに、質量が増した硬いものを入れたりしたら、きっと痛いし苦しい。黒谷一人だけが気持ちよくなるなんて論外だ。結局、指を入れただけで挿入はしなかった。

だめっ、そこばっかり、押さないで……！　またいっちゃうから……！

色めいた声でそう訴《うった》えたのも束《つか》の間《ま》、律は全身を震わせて極まった。

ただでさえかわいさが突き抜けてるのに、更にめっちゃエロいてどういうことやねん……。

「浮かれてるな、蒼平」

ふいに声をかけられ、黒谷は我に返った。たちまち居酒屋の喧騒《けんそう》が耳に戻ってくる。

午後七時になったばかりだが、既にほとんどの席が埋《う》まっていた。正面に腰かけたのは、長身の男――沼崎稜だ。会社帰りなのでスーツを身に着けている。

一時間ほど前に、稜からメッセージが届いた。話したいことがある、時間あるか？　と問われ、ＯＫとすぐに返した。

「稜ちゃん、仕事お疲れ」

「おう、おまえもお疲れ。悪い、待たせたな」

「大丈夫や。さっき来たとこやから」

「それにしては、サラダほとんど食べきってるけど」

稜が指差した大根サラダの皿は、ほぼ空《から》になっていた。律のことを思い出しているうちに、知らず知らず食べ終えていたらしい。

歩み寄ってきた男性店員に、稜は豆のサラダと牛丼と告げた。昼間は食堂として営業しているこの店は、丼《どんぶり》ものが充実している。

黒谷も続けて注文した。

「俺はホッケの定食をお願いします。ご飯は茶碗に半分くらいにしてもらえますか?」

いつもご飯半分でと頼むからだろう、かしこまりました、と店員はすぐに頷いてくれた。

特に食事制限をしているわけではない。トレイルランナーの中には体重や体調を厳しくコントロールする人もいるが、黒谷はストレスにならないよう、好きな物を食べるのが一番だと思っている。アルコールだって、度をすぎなければ飲んでもいい。

とはいえ、炭水化物は普段からあまりとらないようにしている。炭水化物をとりすぎると脂肪の分解が抑えられ、エネルギーとして活用できなくなるからだ。

「浮かれてても、食事内容はちゃんと考えてるな。よしよし」

「別に浮かれてへんで。俺はいつも通りや!」

「嘘つけ。めちゃめちゃ浮かれてるやないか。つか、浮かれてる状態が普通になったんか」

稜はにやにやとからかう笑みを浮かべる。

律と付き合い始めて二ヵ月ほどが経った頃、年下で同性の恋人ができたことを稜に打ち明けた。もちろん律に了承を得た上で、だ。

ゆっくり瞬《まばた》きをした稜は驚いた様子もなく、へえと相づちを打った。ただ、会わせてほしいとは言われた。

交際を反対されるかも、と律は心配していたが、それはない！　と黒谷は言い切った。

稜は社交的だしコミュニケーション能力も高いので、うまく社会に溶け込んでいるものの、中身はいろいろと規格外な男だ。並外れて頭が良いからか、それとも生来の気質なのか、常人では測《はか》り知れないところがある。だから律が男であることはどうでもよく、何よりもトレイルラン狂の黒谷を受け入れてくれるかどうかを心配するはずだと思った。

その予想は見事に当たった。律を一目見て、大丈夫だと確信を持ったらしい。反対するどころか、かなり変人な従弟《いとこ》ですが、よろしくお願いしますと頭を下げた。

ちなみに大学時代の友人、増川《ますかわ》は稜に告白したものの、ふられたらしい。詳しいことは知らないが、増川があまり落ち込んでいないようだったのでほっとした。

「内倉君とはうまくいってるのか？」

「ああ。先週の日曜は一緒にトレーニングしたし、明日は一緒にカフェに行く約束や」

「それで浮かれてたのか」

「浮かれるていうか、楽しみすぎてそわそわするていうか。この前の日曜、トレーニングの途中でフランスの田舎っぽい外観の店を見つけたんや。律君がめっちゃ気に入ったみたいやったから、二人で行くことにした。そのカフェ、手作りプリンが評判らしい。ぶっちぎりの優勝や」

「優勝て何が。そのカフェのプリンが、スイーツ大会か何かの優勝候補なのか？」

「違う。プリンを食べる律君が、かわいさで優勝する」

至極《しごく》真面目に答えると、はー、と稜はため息を落とした。

「おまえは相変わらず、まっすぐに変やなあ」

「そうか？　ありがとう！」

「いや、褒めてないから。ん？　やっぱり褒めてるんか。まっすぐな奴も変な奴もけっこういるけど、まっすぐに変な奴は珍しい」

おしぼりで手を拭《ぬぐ》いながら苦笑する稜に、ありがとう！　ともう一度礼を言う。

トレイルランの活動をサポートしてくれる稜には、本当に感謝している。

今現在、ラン初心者にアドバイスや指導ができているのも、ある意味稜のおかげだ。

全ての人が己の意志で己の肉体を動かせるわけではないと気付いたのは、幼稚園に入った頃だ。かけっこが遅い子やボールを遠くへ投げられない子、遊具《ゆうぐ》でうまく遊べない子がいて、衝撃を受けた。こうするんやでとやってみせてもできないのが、更に驚きだった。

なにしろ黒谷の父は内野手《ないやしゅ》として甲子園に出場経験がある元高校球児、母はソフトボールでインターハイとユニバーシアードに出場経験ありというスポーツ一家で、運動ができて当たり前の環境だった。ちなみに当時、まだ赤ん坊だった弟は今、大学のボート部で活躍している。

なんでこんな簡単なことができんのやろ？　と母に尋ねると、彼女は真面目な顔になった。

コウイチ伯父さんとこの稜ちゃんな、幼稚園に入ったときにはもう、小学校で習う漢字をだいたい書けたんやて。

まだひらがなもろくに書けなかった黒谷は、かんじ……、とつぶやいた。街中にあふれるそれが、複雑でややこしいものだという認識はあった。しかし漢字が、どう運動と結びつくのかがわからない。

きょとんとしている黒谷に、母は真顔で続けた。

稜ちゃんにとったら楽しい漢字の勉強も、あんたには難しいてちんぷんかんぷんや。それと同じで、あんたは簡単やと思《おも》ても、別の人にとったら難しいことがある。大人やろうが子供やろうが、男やろうが女やろうが、一人一人、得意なことは違うんや。反対に、苦手なことも違う。あんたには、それをよう覚えといてほしい。お母さんが言うてること、わかるか？

正直、幼稚園児の黒谷には後半の話はよくわからなかった。しかし前半の話は理解できたので、うんと頷いた。

稜が読み書きできるのだから、おまえもできるはずだと言われても困る。努力したからといって、稜のようにはできない。それと同じで、速く走れと言われてもできない人がいる。

自分の価値観を、一方的に他人に当てはめてはいけない。

身近に稜という変わり種がいたからこそ、幼いなりに納得できた。

「まあでも、それだけ会えてるんやったらよかった。少なくとも十日は会えなくなるからな」

「え、なんでや」

「スペインでの高地トレーニング、現地のＯＫが出た」

「おお、マジか！　話したいことてそれか」

本命のウルトラトレイルのレースが開催されるヨーロッパでトレーニングをしておきたいと稜に相談したのは、年が明けた頃だ。稜は現地との調整役を買って出てくれた。ヨーロッパのあちこちにトレイルラン愛好家の知り合いや友人がいるため、連絡をとってくれたらしい。

黒谷にもヨーロッパに知り合いはいるが、拙《つたな》い英語では意思の疎通《そつう》が難しい。その点、語学が堪能な稜は親しくなるのが早い。

「ちょっと急だけど、再来週《さらいしゅう》の水曜に出発で大丈夫か？」

「大丈夫や！　ちょうどイベントもないし！　取材がひとつ入ってたけど、先方にお願いして早めてもらうか、遅らせてもらうわ。そうと決まったら飛行機のチケット取らんと」

「チケットはもう取った。俺も一緒に行くから」

「マジで？　ありがとう、助かる！　あ、けど、十日も仕事休んで大丈夫なんか？」

「有給使うから問題なし。つか、近いうちに独立しよう思てんねん」

いかにも稜らしくさらっと言われて、おお、と黒谷は声をあげた。

「前に言うてた、トレイルランに特化したコーディネーターやるんか？」

「ああ。おまえのサポートやってるおかげで、海外の選手から日本の案内頼まれたり、レース関係の手続きの代行を頼まれたり、逆に日本の選手に海外のレースの手続き頼まれたり、諸々《もろもろ》依頼が増えたから、そろそろかなと思って」

「そうか！　稜ちゃんがコーディネートしてくれるんやったら、今まで日本のレースに出たことない選手も出てみたいて思うかもしれんし、俺も楽しみや。おめでとう！」

「おめでとうはまだ早い。独立して、ちゃんと食えるようになってから言え」

稜があきれたように首をすくめたそのとき、サラダと牛丼が運ばれてきた。続けて黒谷が頼んだメニューも運ばれてくる。

料理に箸《はし》をつけつつ話すのは、高地トレーニングについてだ。スペインはレースに出るために二回行ったことがある。が、トレーニングのためだけに行くのは初めてだ。心が浮き立つ。

「あ、ちなみにだけど、トレーニングする場所、電話もネットも通じないから」

稜の言葉に、え、と黒谷は思わず声をあげた。

「緊急用に設置されてるのは無線だけだ。麓《ふもと》に下りれば使えるとこもあるけど、スケジュール的に高地に行きっぱになるから、少なくとも一週間は電話もネットも使えないと思った方がいい。高地へ入る前に、ちゃんと連絡したい人には連絡しとけよ」

「そうなんか……。わかった」

十日間は律と会えないだけでなく、そのうち一週間はメッセージのやりとりも電話もできないのだ。おまけに来週の土日は、大阪のイベントに出るので会えない。

とはいえ、今までにも一週間会えないことなどざらにあった。

よし。空港で絶対連絡しよう！

それで一週間、なんとか乗り切るのだ。


午後三時のカフェ『havre de paix《アーヴル ドゥ ペ》』は、行列こそできていなかったものの、ほとんどの席が埋《う》まっていた。女性同士で来ている客が多いが、カップルらしき男女もいる。

外観と同じく、木目《もくめ》の床に白い壁という内装もヨーロッパの田舎風だ。ところどころに飾られた緑が落ち着いた印象を与える。机や椅子などの調度品も、もしかしたらヨーロッパ製かもしれない。

「中もかわいいですね。いいな、こういうの。憧《あこが》れる」

目を輝かせて店内を見まわす律《りつ》に、黒谷《くろたに》は笑み崩れた。

かわいいのは律君や。

今日はトレーニングをしないからだろう、淡いラベンダー色のシャツにベージュのパンツという格好だ。律の柔らかな雰囲気によく合っている。ここ最近、ランニングウェアにランニングシューズ、という服装ばかり見ていたから新鮮だ。もっとも、律はランニングウェアを着ていても、とびきりかわいいのだが。

律と一緒にカフェを訪れるのに相応《ふさわ》しい格好を考えた黒谷は、以前、律に見立ててもらったジャケットとパンツを身に着けた。周囲の客の雰囲気を見る限り、正解だったらしい。

「プリンと紅茶だけでよかったんか？」

「はい！　黒谷さんはプリン食べて大丈夫なんですか？」

「食事制限してるいうても、甘いもの断《だ》ちしてるわけやないから大丈夫や。俺、甘いもんけっこう好きやで。補給食もしょっぱい系だけと違《ちご》て、甘い系も食べるしな」

「あ、この前もらったベリー味のバー、自然な甘さで美味《おい》しかったです。ちょっと酸味があるのがよかった。普通におやつとして食べちゃいました」

「そうか、美味しかったんやったらよかった！」

海外の国際レースで優勝した後、補給食を販売しているメーカーからぜひ試してほしいと、バーやゼリー、グラノーラが送られてくるようになった。その中で気に入った物や、律が好きそうな味の物を購入することがある。

律にあげたベリー味のシリアルバーは、最近送られてきた中で特に気に入った物だった。

「体調とか疲労度で味覚は変化するけど、あのバーはランの途中に食べても、普段食べても美味しかったから。ただ、俺は美味しい思《おも》ても、律君には合わんこともあるからな。あの味、稜《りょう》ちゃんには不評やってん」

「え、そうなんだ。美味しいのに。黒谷さんと僕は味覚が似てるんですね」

律はにこにこと嬉しそうに笑う。

黒谷はぎゅんと鳴った胸を咄嗟《とっさ》に押さえた。

笑顔も言うてることもかわいすぎる……！

黒谷もプリンを食べることにしたのは、甘いものが好きだからという理由だけではない。後でプリンの感想を話せるのがいいと思ったからだ。

人はそれぞれ、を大前提として生きてきたからだろう、進んで誰かと同じものを食べたいと思ったことはなかった。同じ時間や同じ感覚を共有したいと思ったのは、律が初めてである。

それに十日とはいえ、二週間後には離れ離れになってしまうのだ。一緒にいる時間を大切にしたい。

黒谷がプリンを注文すると、律は嬉しそうな顔をした。どうやら彼も美味しいものを二人で食べる時間を大事にしたいと考えているらしい。自分の一方通行ではないとわかって胸が熱くなる。

——恋愛て凄《すご》い。両想いて凄い。

込み上げてきた愛《いと》しさを抑《おさ》えられず、黒谷は身を乗り出した。

「会えんときも、いっつも律君のこと考えてるからな！」

「え？　あ、ありがとうございます。急にどうしたんですか？」

律ははにかみながら首を傾《かし》げる。かわいい。

「再来週《さらいしゅう》の水曜から、スペインへ行くことになったんや」

「え、スペイン？　なんで？」

「高地トレーニングや。十月の本命のレースの前に、ヨーロッパでトレーニングしときたい思《おも》て。昨日、調整がついて行けることになった」

「どれくらい行くんですか？」

「移動の時間も含めて、十日の予定や」

十日……、と律はつぶやいた。たちまち長い睫《まつげ》が伏せられ、視線が下を向いてしまう。

「黒谷さん、来週の土日は大阪でしたよね……」

あ、ちょっと不満げや。

黒谷は急いで口を開いた。

「日本にいる間は毎日メッセージ送るし、電話もするから！　トレーニングする高地はネットも電話も通じんらしいんやけど、山を下りたら使えるて聞いたから、つながり次第絶対連絡するからな！　十日行くていうても、実質連絡できんのは一週間だけや」

「一週間……。そっか……」

律が更に肩を落としたので、黒谷は焦《あせ》った。

なんとか笑顔になってもらいたい。

「あっ、手紙！　手紙書くから！」

咄嗟に思いついたことを口にする。

律は驚いたように目を丸くした。

「手紙って……。僕に届く前に、黒谷さん、帰ってきちゃわないですか？」

「それでも書く。麓《ふもと》に下りる人がいたら託《たく》すから、うまいことといったら俺が帰る前に届くかもしれん。あ、でも、緊張してうまく書けんかもしれんけど」

「なんで緊張するんですか、変なの。高地トレーニングしたら疲れるでしょ？　体調悪くしたら元も子もないし、無理して毎日書かなくてもいいですから。そうだな、三日に一回くらいでお願いしますね。楽しみにしてます」

律がようやく笑ってくれたそのとき、あの、と背後から女性の声がした。反射的に振り返る。

後ろのテーブルに、黒谷と同じ年くらいの女性二人が腰かけていた。

やばい。こういう場所にしては声が大きかったか。

ＴＰＯに応じてボリュームを調整するようになったものの、声の大きさ自体は変わらない。

慌ててすみませんと謝ろうとしたとき、手前にいる女性が恐る恐る口を開いた。

「トレイルランナーの、黒谷蒼平《そうへい》さんですよね……？」

「え？　ああ、はい」

戸惑いつつ頷くと、女性たちはパッと顔を輝かせた。

「私たちファンなんです！　こんなところで会えるなんて……！　ねえ、やっぱり本物だよ」

「やば、めっちゃカッコイイ……！　あ、動画見てます。この前出た雑誌も買いました。ロングインタビュー、凄くよかったです」

控えめながらも、二人ははしゃいだ声をあげる。

体ごと後ろを向いた黒谷は、ありがとうございますと丁寧に頭を下げた。

露出が増えてから、ごくたまにではあるが、こうして声をかけられるようになった。稜が作ってくれている動画に寄せられるコメントも増えている。プロとして認知度が上がり、応援してくれる人が増えるのはありがたい。

「あの、一緒に写真撮ってもらってもいいですか？」

既に撮る気満々でスマホを手にした女性を、もう一人が止める。

「だめだよ。お店の許可取れてないし、他のお客さんもいるじゃん。それに黒谷さん、プライベートだし」

女性たちの目が、黒谷の背後に向けられた。

黒谷もハッとして振り返る。

そこにいた律は、三人の視線を受けて瞬《まばた》きをした。女性二人と黒谷を交互に見つめた後、何か言いたそうに唇が動く。

が、律が言葉を発する前に、トレーを手に女性店員が歩み寄ってきた。

「お待たせしました」

律と黒谷の前にプリンを置く店員に、あの、と話しかけたのは律だ。

「写真、撮っても大丈夫ですか？」

「他のお客様のご迷惑にならないようにしていただければ、大丈夫ですよ」

店員の穏やかな答えに、律はありがとうございますと礼を言った。

やりとりを見守っていた女性二人も、ありがとうございますと慌てて頭を下げる。

律は黒谷に向き直り、ニッコリ笑った。

「黒谷さん、一緒に写真撮ってあげたらどうですか？　ワカツキさんにも沼崎《ぬまざき》さんにも、写真止められてないんでしょ？」

「ああ、うん。それは大丈夫や」

「じゃあ、そっちのテーブルに寄ってください。あ、僕が撮りますよ」

立ち上がった律は、女性たちに歩み寄る。

「えー、優しい。ありがとう」

「やだ、凄いかわいいんだけど」

二人は感激した様子で律にスマホを渡した。

さすが律君、めっちゃ気が利《き》く。

けど、ちょっとおもろない……。

律は確かに凄くかわいいが、それを初対面の女性に言われたくない。

律君のかわいさを一番よう知ってるんは俺やからな！

生まれてこの方一度も感じたことのない謎の対抗心を燃やしつつ、黒谷は律に言われるまま女性らのテーブルに移動して写真に収まった。もしかしたら頬が引きつっていたかもしれないが、仕方がない。

女性二人は黒谷だけでなく、律にもありがとうと礼を言った。

律は笑顔で会釈《えしゃく》し、黒谷の正面の席に戻る。

「わ、お皿もかわいい。僕、シンプルな陶器《とうき》もいいけど、こういう焼いた感じがそのまま残ってるのも好きなんです。じゃあ、食べましょうか。いただきまーす」

早速《さっそく》スプーンを手にとった律に、え、と黒谷は小さく声をあげた。

律はこういった店では、スマホで写真を撮るのが常だ。

しかしバッグを探ることもせず、プリンを口に運ぶ。柔らかなこげ茶色の瞳が輝いた。

「あ、美味しい。卵の濃い味がします。カラメルとよく合ってる。黒谷さんも食べてください、凄く美味しいですよ！」

律に促《うなが》され、黒谷もスプーンでプリンをすくった。口に入れると、律が言った通り、濃厚な味がする。カラメルのほろ苦さが良いアクセントになっていた。

「うん、旨《うま》いな」

「でしょう。僕、このプリン好きです」

律はゆっくりと味わってプリンを食べる。不機嫌ではないし、怒っている風もない。それどころか、美味しいプリンを食べて満足げだ。かわいいが炸裂《さくれつ》している。

——けど、なんか違う。

プリンの写真を撮らなかったのは珍しいが、そういった明らかな変化とはまた違う。もっと微妙な変化だ。

しかし、何が違うのかわからない。

己のポンコツ具合が恨めしくて、黒谷は律に悟《さと》られないように小さく息を吐いた。

鈍感《どんかん》な俺には、やっぱり恋愛は難しい。

黒谷は体幹を引き上げ、上半身と背中を意識しつつ早足で歩いた。

トレイルランのレースでは山道や荒野ばかりではなく、舗装された平坦な道路を走ることもある。だから平地でのトレーニングも大事だ。

目的地は、律がバイトをしている『ロンド』である。

とうに日は落ち、頭上では月がぼんやりと光っていた。暑くも寒くもない快い初夏の宵《よい》だが、黒谷の心は風にあおられた湖面《こめん》のように波立っている。脳裏に浮かぶのは律の顔だ。

律君、やっぱりなんかいつもと違《ちご》たと思うんやけど……。

昨日、『havre de paix』で一緒にプリンを食べた後、バイトが入っている律を『ロンド』へ送り届けた。道々、律は黒谷にも馴染みのある常連客の話や、オーナーである大友《おおとも》夫婦、見習いシェフの池尻《いけじり》の近況を話した。普段と変わらない明るい口調だった。

昨夜《ゆうべ》と今朝は、いつも通りメッセージのやりとりをした。

――バイトお疲れさん。今日はめっちゃ楽しかった！　またプリン食べに行こう。おやすみ。

――おはよう！　今日は良い天気やな。気を付けていってらっしゃい。

他愛《たわい》もない内容だったが、いつもよりがんばって長めの文章にしてみた。

律はきちんと返事をくれた。

――僕の方こそ凄く楽しかったです！　ごちそうさまでした。プリンめっちゃ美味しかったですね。また絶対食べに行きましょう。

――おはようございます。黒谷さんもトレーニングがんばってください。怪我のないように気を付けて。

それらのメッセージをでれでれしながら読んだものの、途中でハッと我に返り、改めて読み返した。しかし、カフェで感じた違和感の正体は見つけられなかった。

俺の気のせいやったんか？

昨日会ったばかりだが、どうしても顔が見たくて『ロンド』へ行くことにした。明日の日曜は、律には終日『ロンド』のバイトが入っているし、黒谷も動画を撮影する予定だ。一緒にゆっくりすごす時間はない。実際に顔を見て、気のせいだと確信が持てたら安心できる。

ロンドに夕飯食べに行きます、一緒に帰ろう、とメッセージを送ると、待ってます、と返信があった。ラストオーダーに近い時間を選んだのは、バイト終わりの律を家へ送るためだ。

土曜の夜のオフィス街に人通りはほとんどなく、閑散《かんさん》としていた。この通りを抜けたところに、洋食レストラン『ロンド』はある。

洋風の建物の窓から、柔らかなオレンジ色の光が漏れていた。我知らずほっと息をつく。

『ロンド』を訪れるのは、半年ほど前にバイトを辞めてから三度目だ。

黒谷はゆっくりドアを開けた。からんころん、と五十年使われてきた鐘《かね》が鳴る。

「いらっしゃいませ」

すかさず声をかけてきたのは律だ。白いシャツに黒いスラックス、黒いエプロンというシンプルな格好が、細身の体を引き立てている。

客が黒谷だと気付いて、嬉しそうにニッコリ笑った。かわいい。

「いらっしゃいませ、あらー、黒谷君じゃないの！」

オーナー夫人の晴代《はるよ》も笑顔で迎えてくれる。

「ご無沙汰《ぶさた》してます」

「久しぶり。来てくれて嬉しいわ。元気？」

「はい。皆さん、お変わりありませんか？」

「ないない、皆元気よ。はい、こちらへどうぞ」

晴代は出入り口から少し離れた窓際の席へ案内してくれた。

店内にはまだちらほらと客がいる。時間が時間だけに子供連れのファミリー層はおらず、夫婦らしき年配の男女や一人客ばかりなので静かだ。

律がメニューを持ってきてくれた。注文は既に決まっている。

「グリーンサラダとコーンポタージュ、それからチキンソテーをお願いします」

「はい。ライスはどうしますか？」

「今日はけっこうです」

「かしこまりました」

きちんと応じた律は、黒谷と目が合うとまたニッコリ笑った。やはりかわいい。

しかし、心なしか元気がない気もする。バイトで疲れたからだろうか？

厨房へ注文を伝えにいく律の後ろ姿を見送っていると、入れ替わりにお冷やとおしぼりを持った晴代が歩み寄ってきた。

「動画とかワカツキの公式サイトとか、見せてもらってるよ。忙しそうで何よりね」

「ありがとうございます。ここで働かせてもらったおかげで、人前に出る仕事もなんとかやれてます」

「役に立てたなら嬉しいけど、黒谷君は真面目だし礼儀正しいから、うちでバイトしなくたって立派にやれたわよ」

ふふ、と優しく笑った晴代は、ふいに声を落とした。

「黒谷君、今も律君と仲良くしてるんでしょ？」

「はい。めっちゃ仲良くしてます」

黒谷は大きく頷いた。晴代をはじめ『ロンド』の人たちには、律と恋人として付き合っていることは話していない。もし話すんだったら僕から話したいです、と律が言ったからだ。

律はバイトをする前から、家族で『ロンド』に通っていたという。それだけ大友夫妻と付き合いが長い。黒谷にはわからない結びつきがあるのかもしれない。

俺は言うても言わんでもどっちでもええ。律君が思うようにしたらええよ。

思ったままを口に出しただけだったが、律はさも嬉しそうに笑った。そしてなぜか、黒谷さん大好き、と囁いて頬にキスをしてくれた。

――あ、いかん。思い出しただけで、でれでれしてしまう。

咄嗟に口元を手で覆《おお》った黒谷をどう思ったのか、晴代は眉を寄せた。

「律君、昨日から元気ないのよ。何があったか知ってる？」

黒谷は目を丸くした。

晴代もいつもの律ではないと思ったのなら、昨日、カフェで感じた違和感はやはり気のせいではなかったのだ。

「どっか痛いとか、しんどいとか言うてましたか？」

「や、体調がどうとかじゃなくて、気落ちしてるっていうか……。あ、接客はいつも通りしっかりやってくれてるのよ。でも付き合いが長いせいか、しょんぼりしてるのが伝わってくるのよね。滅多にないことだから心配で」

「しょんぼり、ですか……」

昨日の夕方まで律と一緒にいたのは黒谷だ。やはり黒谷が何かしてしまった可能性が高い。

黒谷はカフェでの出来事を改めて振り返った。

変わったことといえば、女性に写真を頼まれたことだ。

いやでも、気ぃ利かせて写真撮ってくれたたん、律君やし。

律がしょんぼりする理由にはならない。この線はなしだ。

スペインへ高地トレーニングに行くと話したことか？

律は確かに不満げだったが、毎日手紙を書くと言ったら笑ってくれた。この線もなしだ。

他に思い当たることはない。

――いや、待てよ。俺が気付かんうちに何かしてしもたんかもしれん。

首をひねった黒谷は、ふいにプリンを食べていたときの違和感の正体に気付いた。

いつもしっかり目を見て話す律と、視線が合わなかったのだ。

やっぱり俺が原因か……！

「やだ、どうしたの？　黒谷君までしょんぼりしちゃって。私、何か変なこと言っちゃった？」

「いえ、全然、すんません。律君が元気ないの、俺のせいかも……」

「え、そうなの？　ケンカでもした？」

「ケンカはしてません。あの、でも、ちゃんと話を聞いてみます」

「ほんと？　お願いね」

「お任せください！」

一度は落ちた肩を、黒谷は全力で引き上げた。

俺が何かしてしもたんやったら、謝らんと！

まずは、律が元気をなくすような言動をしてしまったにもかかわらず、自覚がなかったことを謝る。そして何が嫌だったのかを聞いて、改めて謝ろう。これからどうしてほしいのか言ってもらえれば、即座に実行する。

もし黒谷に関係のない悩みがあるのなら、解決できるように力になる。

そうして一刻も早く元気になってもらいたい。

グリーンサラダとコーンポタージュとチキンソテーは、とても美味しかった。

オーナーの大友と見習いシェフの池尻も顔を見せてくれて、挨拶《あいさつ》することができた。二人とも元気そうでほっとした。

で、律君や。

黒谷は隣を歩く恋人を見下ろした。

街灯に照らされた横顔は、嬉しそうに笑んでいる。かわいい。

黒谷の視線に気付いたらしく、律はこちらを見上げた。かわいい。

それにしっかりと目が合って嬉しい。

「送ってもらってありがとうございます」

「いや、全然。お疲れさん。律君、相変わらずがんばってたな」

「そうかな、いつも通りですよ。でも、黒谷さんに褒《ほ》められるのは嬉しいな」

ふふ、と律は柔らかく笑う。

既に何度も思い知らされてきたが、とにかくもういちいちかわいい。

――いかん。律君のかわいさに骨抜きになってる場合やない。

律が嫌だと思ったことを聞き出さなくては。

「律君、昨日何かあったか?」

「何かって何ですか?」

「俺が、何か嫌なことしたとか」

駆け引きなどよくわからないので、ド直球で尋ねる。

律はきょとんと目を見開いた。

「黒谷さんは嫌なことなんかしてませんよ」

「ほんまか？　デリカシーのない発言とか、空気が読めてない場違いな行動とか、なかったか？」

「何ですか、それ。そんなのないです！　もしあったら、そのときに言うし。あ、でも……」

口ごもった律は、黒谷からふいに視線をそらした。

やっぱり俺のせいか！

黒谷は律に歩調を合わせ、下から覗き込むようにして言った。

「何や。何でも言うてくれ！」

「そんな、たいしたことじゃないんです。ただ、僕が、ちょっと……」

律は口ごもった。何か言いたそうなのが伝わってくる。

「律君が嫌や思《おも》たことは直すから言うてくれ！」

「……直さなくていいです」

ややぶっきらぼうに言われて、え、と思わず声をあげる。

律のこんな物言いは初めて聞く。

「俺には直すのは無理ていうことか……？」

動揺して声がわずかに震えた。

律はハッとしたようにこちらを見上げる。

「違う。違います！　そういうことじゃなくて！　……あの、黒谷さんが、走ってるときだけじゃなくて、普段も、今まで以上に、凄くカッコよくて……。それでちょっと、嬉しいけど、どうしていいかわかんないっていうか……」

徐々に声が小さくなるのと比例して、歩みも遅くなった。とうとう立ち止まってしまう。深くうつむいてしまったので、律がどんな顔をしているのかわからない。

しかし髪の隙間から見える愛らしい耳は真っ赤だ。

かわいいぃぃ……！　しかも、俺のこと凄くカッコエエて言うてくれた！

歓喜と愛しさで目眩《めまい》すら感じつつ、黒谷は漸《ようよ》う口を開いた。

「どうしたらええかわからんてことは、嫌なわけではないんやな？」

「……嫌じゃ、ないです。ただ、あんまりカッコイイから、僕がいないところでもモテてるだろうなって思って……。それは嫌だなって……。昨日、カフェにいたファンの人たちも、カッコイイって言ってたし……」

ぽそぽそと拗《す》ねたように言われて、黒谷は我慢できずに笑み崩れた。

「カフェで会《お》うた女の人は、俺に気ぃ遣《つこ》てくれたんやろ。全然心配することない。俺、モテてへんから」

「黒谷さんが気付いてないだけで、モテてます」

「いやいや、マジでモテへんて。もしモテてたとしても、律君以外にモテても意味ないし」

本音をこぼしただけだったが、律はちらとこちらを見た。

上目遣いがもうかわいい。

「ほんとですか？」

「ほんまや。俺は律君にだけモテたら幸せや。他の人はどうでもええ」

「もー、何ですかそれ。黒谷さんは僕のカレシなんだから、僕にモテるに決まってるじゃないですか」

つんと愛らしく尖った唇が紡《つむ》いだ言葉に、またしても心臓を撃ち抜かれる。

ボクのカレシて言われた！　つまり俺は律君のカレシ！

恋人として半年付き合っておいて今更だが、改めて言葉にすると感動する。

わずかに震えている黒谷をどう思ったのか、律はふいに手を伸ばした。

骨ばった黒谷の手より一回り小さなそれが、きゅ、と手をつかんでくる。指先がひんやりと冷たいのは、夜が更《ふ》けて少し気温が低くなったせいだろうか。

律を見下ろすと、彼は唇を尖らせたまま言った。

「カレシなんだから、手をつないでもいいでしょ？　人もあんまり通ってないし」

「あ、うん！　もちろん！」

大きく頷いて、律の手をそうっと握る。力を入れたら壊れてしまいそうだ。

すると、律の方が強く手を握ってきた。つられて黒谷もしっかりと握り返す。

つながれた手を見下ろし、律は満足げに微笑《ほほえ》んだ。

「行きましょう」

うんと頷いて、二人並んでゆっくりと歩き出す。

商店や雑居ビルが建ち並ぶ通りに人影はなかった。もう少し歩いたら住宅地に入る。居酒屋やバーがないせいか、静かだ。

律の指先が黒谷の手の熱を吸って、少しずつ温まってきたのがわかった。

店では少し元気がないように感じられたし、晴代もしょんぼりしていると言っていたが、今はそんな風に見えない。手をつないだことで元気が出たのかもしれない。

俺もめっちゃ力湧《わ》いてきた。

いや、力というか、心臓がドキドキして苦しいというか、なんか、熱い塊《かたまり》が腹から込み上げてくるというか……。

今までにも何度か律を家まで送り届けたが、手をつないだのは今日が初めてだ。

ハグとキスはもちろんセックスまでしているのに、手をつなぐだけの行為に、こんなにも心を揺さぶられるなんて。

黒谷は改めて律の手を強く握った。

「律君！」

律はびく、と肩を揺らす。

「は、はい。何ですか？」

「律君は、世界で一番かわいい」

「え、急に何ですか？」

「急やない。会《お》うてるときも、会えんときも、いつも思《おも》てる。離れてても、俺の胸の中は律君でいっぱいや」

「あ……、ありがとうございます」

街灯の下でも、白い頬がほんのりとピンク色に染まったのがわかった。

きゅ、と何かを決意するように一度唇を引き結んだ後、ゆっくり口を開く。

「あの、僕……、僕も、会えないときでも、黒谷さんのこと思ってます……。だから、一週間連絡とれなくても、平気です。トレーニング、がんばってきてくださいね」

「ああ、がんばる。ありがとう！」

嬉しくて礼を言うと、律はニッコリ笑った。

うん、やっぱり世界一かわいい！

浮かれてしまったこのときの黒谷には、律が隠した本音には気付けなかった。

黒谷《くろたに》はぼうっと窓の外を眺めた。

雲が出てきたらしく、月明かりはない。寝泊まりしているロッジは山の中腹《ちゅうふく》の奥まった場所にあるため、街灯もなかった。光がひとつもない真っ暗闇が渺渺《びょうびょう》と広がっている。

窓に見えるのは、ガラスに反射した己《おのれ》の沈んだ顔だけだ。

スペインの高地に来て、今日で三日目。

日本と同じで春から夏へ移行する季節だが、高地ということもあるのだろう、空気そのものが日本とは異なっていた。どこか鋭《するど》さがある。それでいて怖いくらいに深く澄んでいる。当たり前だが、呼吸の仕方や体の動かし方が、低地とはまるで違った。

改めて来てよかったと思う。十月のウルトラトレイルに向けて納得のトレーニングができている。しかし。

律《りつ》君、今頃何してるやろ。

はー、と我知らずため息が漏れた。現地のガイドと稜《りょう》の友人、そして稜と共に夕食をとり、後はもう眠るだけだ。時差ボケはもうほとんど治っている。

厳しい環境でのトレーニングの最中だから、睡眠はきちんととっておいた方がいいとわかっているものの、眠れない。思い浮かぶのは律の顔ばかりである。

もう四日間、声を聞けていない。メールのやりとりもできないし、SNSも見られない。スペインの空港へ着いたときに電話で話したのが最後だ。気を付けて、がんばってきてください、と明るく言ってくれた。

付き合ってから、律とつながる何もかもを遮断《しゃだん》されるのは初めてだ。

こんなに寂しいなるんやったら、無理にでも会《お》うといたらよかった……。

再びため息を落とした黒谷は、手許《てもと》に視線を落とした。スマホの中で、律はニッコリと笑っている。

会いたい。恋しい。せめて声が聞きたい。

たとえ離れ離れですごしていても、会おうと思えばその日のうちに会いに行ける距離にいるのと、下山《げざん》して地元の空港まで行き、国際空港へ移動し、そこから更に十数時間飛行機に乗って、と何段階も経《へ》ないと帰れない場所にいるのとでは、まるで違うのだと思い知らされる。

昨夜《ゆうべ》など、律への想いを切々《せつせつ》と手紙に綴《つづ》っていたら、便箋《びんせん》十枚の大作になってしまった。

「どうした、蒼平《そうへい》。調子悪いか？」

声をかけられ、黒谷は振り向いた。

湯気《ゆげ》が立ち上るマグカップを手に歩み寄ってきたのは稜だ。ふわ、と鼻先を掠《かす》めたのは味噌《みそ》の香りである。

差し出されたカップには味噌汁が入っていた。インスタントの味噌汁を入れてくれたらしい。前に律が黒谷のマンションを訪れたとき、味噌汁を作ってくれた。料理得意じゃないんですけど、と謙遜《けんそん》しつつも出してくれたのは、豆腐《とうふ》と油揚《あぶらあ》げの味噌汁だった。めちゃめちゃ美味《おい》しかった。そんで、めちゃめちゃ美味しいて正直に感想を言うたら、照れた律君がまためちゃめちゃめちゃかわいかった。

熱々の味噌汁を啜《すす》る。インスタントなのに出汁《だし》が効いていて旨《うま》い。けど俺は今猛烈に、律君が作ってくれた味噌汁が食べたい。

じわりと視界が歪《ゆが》む。

「……ありがとう、稜ちゃん……。ごめんな……」

「うわ、ちょ、なんで謝るねん、こわっ。泣かなくてもいいだろ」

稜は驚いたような、あきれたような、それでいておもしろがるような顔をした。黒谷が持っているスマホをちらと見遣る。

「発《た》つ前にちゃんと、いつからいつまで行くって言ってきたんだろ」

誰に、とは言われなかったが、律のことだとすぐにわかった。

目尻に滲《にじ》んだ涙を手の甲で拭《ぬぐ》って頷く。

「言うてきた……」

「高地にいる間は連絡がとれんことも言ったか？」

「言いました……」

「彼は何て？」

「一週間、会えんでも平気やて……。トレーニングがんばってきて、て励《はげ》まされた……」

へえ、と感心した相づちを打った稜は、味噌汁を一口飲んだ。旨い、とつぶやく。

「いい子だな。おまえのことを優先して、ちゃんと考えてくれてるんや」

「うん。ほんまに、いい子やねん……」

「明日、ガイドさんが朝イチで下山するらしい。ほしい物があったら買ってきてくれるそうだ。あと、手紙も出してきてくれるってよ」

黒谷はいつのまにかうつむけていた顔を勢いよく上げた。

「ありがとう、稜ちゃん……！」

「いや、俺に礼を言われても。まあそういうことだから元気出せ」

黒谷の背中を軽く叩いた稜は、キッチンの方へ戻っていった。

よし。一昨日《おととい》も昨日も書いたけど、今日もまた手紙書こう！

早速《さっそく》立ち上がった黒谷は、ハッとした。

俺は律君に手紙を送れるけど、律君が俺に送ることはできんのや。

スペインへ高地トレーニングに行くと告げて以降の律の顔が、次々に脳裏《のうり》に浮かんだ。

高地にいる間は連絡できないと知って、こげ茶色の瞳を揺らした。会えなくても平気だと言う直前、何かを決意するように唇を引き結んだ。

——平気なわけがない。

黒谷は律を放って遊びに行くわけではない。プロの競技者として必要なトレーニングをしに行くのだ。つまり仕事だ。それなのに、平気じゃない、寂しい、行かないでと口に出せば黒谷を困らせることになる。

律が「トレイルランナー・黒谷蒼平」を、心から応援してくれていることは間違いない。だからこそ、余計に言えなかったのだろう。

しかし本音では寂しいと言ってしまいたかったはずだ。

だって俺は今、律君に会えんで、声が聞けんで、めちゃめちゃ寂しい。

許されるなら、律君に会いてえええええ！　と山に向かって絶叫したいくらいだ。

律がこんな想いを表に出さずに我慢したのだと想像するだけで、胸が張り裂けそうだった。

同時に、律の本心に気付けなかった鈍《にぶ》い自分、そして悪気は全くなかったとはいえ、律の気持ちをじっくり聞かなかった自分に腹が立つ。

そういえば、嫌な言動があったら言ってほしいと頼んだとき、律は何かを口にしかけていた。きっと寂しいと言いたかったのだろう。それなのに彼が心情を吐露《とろ》するのを待たず、直すだのなんだのと、自分の気持ちを一方的に押し付けてしまった。結果的に、彼に弱音を吐く隙《すき》を与えなかった。

恋愛は難しいけど、難しいからって、鈍感なままいてもええことにならん。

日本に帰ったら、空港からそのまま律に会いに行こう。

優しくて健気《けなげ》でいじらしい恋人に、寂しくさせてごめんと誠心誠意謝る。

そして会いたかったと告げ、その細身の体を思い切り抱きしめるのだ。


荷物を受け取り、諸々《もろもろ》の検査を終えた黒谷は到着ロビーへ急いだ。

時差も何のその、全身の神経が冴《さ》えわたっている。

「そんなに急ぐと転ぶぞ」

先に税関を抜けていた稜が、存外真面目に声をかけてくる。

「大丈夫や！」

「おまえは大丈夫でも、周りが迷惑だから。つーか勢いが怖い」

「すまん！　今回はほんまにありがとう！　来てくれて助かった。そしたらまた連絡する！

お疲れ！」

頭を下げるなり、黒谷は駆け出そうとした。が、すぐに腕をつかんで止められる。

「コラ待て、ちょっと落ち着け」

「落ち着いてる場合やないねんマジで！」

これといったトラブルもなく、ほぼ予定通りに帰国できたのは幸運だった。

しかし今は焦《あせ》りしかない。

一刻も早く律君に会いに行かんと！

スペインの空港で、律が毎日送ってくれていたメッセージを読んだ。黒谷の体を気遣い、励ます言葉ばかりが並んでいて、嬉しいのに泣きたくなった。高地に入ったら連絡はとれないとわかっていても、未読のままのメッセージに、律はきっと悲しくなっただろう。

慌てて電話をかけると、律はすぐに出てくれた。これから日本へ帰ると告げると、待ってますね！　と嬉しそうな声が聞こえてきて少しほっとした。

その後、黒谷と離れていた間、律がどんな風にすごしていたのか気になり、彼のSNSを見てみた。すると黒谷が出発した日以降、投稿がなかった。日本行きの飛行機の中でもう一度チェックしたが、やはり更新されていなかった。

まさか事故に遭《お》うたとか？　それとも病気やったとか？

しかし、電話では何も言っていなかった。

——律君、元気か？　大丈夫か？　もうすぐ着きます。着いたらすぐ会いに行くから。木曜だから午後から律君ちに行っても大丈夫か？　もし講義があるんやったら、大学まで迎えに行く。返事待ってます。

心配になって続け様にメッセージを送ると、ほどなくして返信があった。

——おかえりなさい！　僕は元気です。大丈夫ですよ。今日はうちにいます。黒谷さんに会えるの、楽しみにしてます！

黒谷は座席に埋もれるように脱力した。

よかった……。事故でも病気でもなかった……。

しかし変わりなくすごしていたのなら、なぜ投稿しなかったのか。

黒谷がいない日常が味気なくて寂しくて、写真を撮る気になれなかったのだろうか。

しょんぼりと肩を落とした律を想像しただけで、胸が捩《よじ》れるように痛んだ。

そんだけ俺のこと考えてくれたんやったら、めっちゃ嬉しい。

けど、苦しい。

今の黒谷には、律の寂しい気持ちがよくわかる。

「離してくれ、稜ちゃん！　俺は早《は》よう律君に会いに行かんとあかんのや」

「あ、来た」

黒谷の言葉を遮《さえぎ》るように、稜が声をあげた。

何が、と問うまでもなく、視界に恋人《いと》の姿が飛び込んでくる。

黒谷は我知らず身震いした。愛しさで体が震えたのは初めてかもしれない。

律もすぐ黒谷に気付く。

「黒谷さん！」

全開の笑顔で大きく手を振った律に向かって、黒谷は突進した。

駆け寄ると同時にキャリーケースを放り出し、その細身の体を思い切り抱きしめる。

ぎゅっとしがみつかれて心臓が痛くなった。今までどんなにきついレースでも、こんな痛みを感じたことはない。

「おかえりなさい……！」

「ただいま！　迎えに来てくれたんやな……！　めっちゃ嬉しい……！」

「僕も、僕も嬉しいです。会いたかった」

涙まじりの声が耳元で囁いて、黒谷は息を呑んだ。

こんなにも寂しい思いをさせていたのだ。

歓喜と罪悪感が押し寄せてきて、咄嗟に言葉が出てこない。

あかん。気付かんかったこと、ちゃんと謝らんと。

「律君が寂しがってるん、気付かんでごめん」

「えっ、や、僕は、そんな……」

「律君と連絡が全然とれんとこに行って、俺はめっちゃ寂しかった。だから律君も、寂しがってるんとちゃうかなて思《おも》たんや。ごめんな、ほんまに」

「そんな、黒谷さんが謝ることじゃ……」

素直に気持ちを吐露《とろ》すると、律は一瞬息をつめた。

こく、と喉が鳴る音が聞こえる。嗚咽《おえつ》を呑み込んだ音だとわかった。

「あの、僕……、僕も、寂しかったです。凄《すご》く」

震える声で囁いた律に、また胸が痛む。

「黒谷さんが、ロンドを辞めてから、前みたいに会えなくなって、凄く寂しくて……。でも、黒谷さんが、できるだけ連絡くれたり、忙しいのに時間作って、僕と会おうとしてくれてるの、わかってたから……。念願のプロになって、凄くがんばってるのも、わかってたし……。それなのに、あんまり、会いたいって言ったら、あきれられちゃうかなって……。それに、せっかくお仕事が順調なのに、邪魔したくなかったし……。寂しいって言って、面倒だなって、思われるかもしれないのが怖くて……」

途切れ途切れに話す声には自責の念が滲《にじ》んでいた。

先ほど痛んだ胸が詰《つ》まり、大きく深呼吸をする。そうしないと、腕の中の恋人を抱き潰してしまいそうだ。衝動が治まるのを待って、黒谷はできるだけ真摯《しんし》に言葉を紡《つむ》いだ。

「邪魔とか面倒とか、そんなん思うわけないやろ。俺が鈍感《どんかん》で察しが悪いばっかりに、寂しい思いさして、気ぃまで遣わせてごめんな、SNSが止まってたんも、もしかして寂しかったからか？」

こく、と律は小さく頷いた。

「何を見ても、何を聞いても、何を食べても、全然気持ちが上がらなくて……。黒谷さんと一緒がよかったなって、黒谷さんのことばっかり考えちゃって……」

「そうか。俺も律君に会いたくてたまらんようになって、何回か山に向かって叫んだ」

「えっ、山にですか?」

「そう、山に叫んだ」

想いを抑《おさ》えきれなくて、休憩の時間に、律君に会いてぇええええ！　と叫んだ。

稜には苦笑いされ、ガイドにはからかわれた。

「ほんま、鈍《にぶ》くてごめんな……」

「そんな、黒谷さんが謝ることないです。僕がわがままだから……」

「全然わがままやない。律君が寂しがってくれて、めっちゃ嬉しい。もっとわがまま言うてくれてええくらいや」

正直に言ってゆっくり体を離すと、律が見上げてきた。

こげ茶色の潤《うる》んだ瞳には、狂おしいほどの熱情が滲んでいる。

このまま攫《さら》ってしまいたい。

「あー、お取り込み中申し訳ないんやけど、自分の荷物は自分で管理してくれるか。いくらここが日本でも、置き引きがないとは言えんから」

冷静な物言いが耳に届いて、ハッと振り向く。

少し離れた場所に立っている稜は、自分のキャリーバッグだけでなく黒谷のバッグも携《たずさ》えていた。あきれた顔をしているが、怒っている風はない。

「あ、稜ちゃん、ごめん！」

慌てて謝ると、律もペコリと頭を下げた。

「沼崎《ぬまざき》さん、おかえりなさい。連絡ありがとうございました」

「いやいや。来てくれてよかった」

どうやら律が今、この場にいてくれるのは稜のおかげらしい。

律が心配で、律のことばかり考えていて、稜が律と連絡をとっていることに気付かなかった。

俺はやっぱり察しが悪い……。

反省していると、ほれ、と稜にキャリーバッグを渡された。

「つか、何時頃に空港に着くかくらい内倉《うちくら》君に伝えとけよ。知らないって言われてびびったわ」

「や、帰国したらすぐ、俺が律君に会いに行こう思《おも》てたから、律君ちに着く時間を伝えといたらええと思て」

「アホ。内倉君が空港で出迎えたいって思ってたらどうすんねん。まあおかげでサプライズは成功したけど」

ハハ、と明るく笑った稜に肩を叩かれる。

「じゃあ、俺はこれで。内倉君、また。蒼平、お疲れ」

「お疲れ。ありがとう、稜ちゃん」

飄々《ひょうひょう》と去っていく従兄《いとこ》を見送った黒谷は、改めて律に向き直った。

ちょうど同じタイミングで、律もこちらを見上げてきた。

こげ茶色の潤んだ瞳も、わずかに赤く染まった目許《めもと》と鼻先、そして柔らかな耳たぶも、物言いたげに薄く開かれたピンク色の唇も、全部かわいい。

ほんまもんの律君や……！

嬉しくて仕方がなくて、自然と頬がでれでれに緩《ゆる》んだ。

一方で、目の奥が熱く疼《うず》いて眉間《みけん》に皺《しわ》が寄る。

ただかわいいだけではない。たまらなく愛おしい。

眩《まぶ》しいような、それでいてかき乱されるような心地になって目を細めると、律はふいとうつむいた。

「あの、黒谷さん」

「うん？」

「僕、今日、友達の家に泊まるから、晩ご飯いらないって、言ってきました……」

普段は鈍い黒谷も、律が言わんとしていることがすぐにわかった。

一瞬、頭の中が真っ白になる。

あかん。マジで。もう無理。好きすぎる。

脈絡のない思考が浮かぶと同時に、黒谷は律の手を強く引いた。

律は何も言わず、黒谷についてきた。


マンションの玄関のドアの鍵を後ろ手で閉めると同時に、黒谷は律に口づけた。

「んっ……！」

律は驚いたように目を見開いたものの、すぐに瞼《まぶた》を落とす。

律の熱を、直接感じたい。

その獣じみた欲望のまま、黒谷は律の腰を引き寄せ、薄く開かれていた唇の隙間に舌を差し入れた。温かく濡れた口内を余すことなく味わう。

靴も脱がないまま、玄関先でこんな風にキスするのは初めてだ。

「ん、ぅん、んん」

律の喉《のど》の奥から漏れる艶《なま》めいた声と、腕に伝わってくる戦慄《わななな》きに、ひどく煽《あお》られる。

俺の律君や。俺だけの、かわいい律君。

隣に律がいたのに、空港からこのマンションまで、よく触れずに我慢できたと思う。自分を褒《ほ》めてやりたい。

「ん、はあ、は……」

息を継がせるために角度を変えた途端、律の唇から甘い吐息が漏れた。

まだまだ足りなくて、再び噛みつくように口づける。

「うん、ん、んっ」

互いの唾液《だえき》が混じり合う淫靡《いんび》な水音が、頭の中に響く。こく、と律の喉が音をたてて飲み込んだのがわかって、官能はいや増した。

もっと、もっと、もっと。もっと深く触れたい。

激しい情欲に従《したが》って律を壁に押し付け、唇を塞《ふさ》いだまま綿のパンツの前を性急に暴《あば》く。

そこに隠れていた劣情《れつじょう》は既に緩く起《た》ちあがり、下着を濡らしつつあった。

キスだけで、こんなに感じてくれてる。

たまらない気持ちになって、下着の中にある愛らしいそれに直接触れた。

できるだけ優しく摩《さす》ったつもりだったが、なにしろこれ以上ないほど興奮している。いつもより乱暴な愛撫になってしまい、律の体が大きく跳ねた。その拍子《ひょうし》に口づけが解《と》ける。

「う、はあ、は、や……！　ゆっくり、ゆっくりして……」

律は荒い息の合間に訴《うった》えつつ、淫《みだ》らに腰を揺らした。その不規則な動きのせいで、パンツが膝の辺りまでずり落ちる。黒谷が性器を休まずに愛撫しているため、下着も脚の付け根まで剝《む》かれた状態になった。

シャツのボタンはひとつもはずさないまま、下半身だけが露《あら》わになっていく。

やばい。エロすぎる。

今までのセックスでも、律は普段の愛らしさからは想像できない淫《みだ》らな姿を見せてくれた。しかし今、欲望に素直に乱れる様は、それを確実に上回っている。

我知らず手に力が入った。たちまち、くちゅくちゅと卑猥《ひわい》な音があふれる。

「あっ、あっ、いっちゃう……！」

「いってええよ」

「だめ、ぼく、こんなの……、こんなとこで、あぁ！」

首を横に振った律は、嬌声《きょうせい》をあげた。黒谷が先端を引っ掻《か》いたせいだ。

わずかに蜜《みつ》がこぼれたが、達してはいない。

「やっ……、ばか、黒谷さんの、ばか……。だめって、言ってるのに……」

文句を言う声には、甘えが多分に含まれている。

初めて聞くその声に、ぞくぞくと背筋に寒気にも似た快感が走る。だめと言われているのに、もっと、とねだられているかのようだ。

黒谷はうつむいている律の唇を、下からすくい上げるようにして塞いだ。深く口づけながら、手の中の熱いものを強く擦《こす》る。

「んっ、んーっ！」

律は呆気《あっけ》なく極まった。欲の証《あかし》が黒谷の手と、律のシャツに飛び散る。

ぞく、とまた背中が震えた。

かわいくてたまらない。愛しくて仕方がない。

我知らず、達したばかりのそれを指先でしつこく弄《いじ》ってしまう。

「んん、ぅんっ……」

息が苦しいのだろう、律は口内を這いまわる黒谷の舌を押し返そうとする。

その動きを利用して敏感なところをくすぐってやると、んん、とくぐもった声を漏らした。

ぴん、と一瞬、体を強張《こわば》らせた後、くったりと力を抜く。

掌《てのひら》の中に収まったままのそれが敏感に反応したのを感じて、そっと唇を離した。

「あは、はぁ、ん、ふ」

たちまち色めいた息を吐いた律は、ひくひくと震える。

「あっ、ぁん、今、いったばっか、だから……。さわ、触んないで……」

やはり言葉の内容とは裏腹の、ひどく甘えた声だ。

黒谷のマンションは広くはないが、自転車やボード、各種テント等、たくさんの道具を置いても支障がない頑丈《がんじょう》な造りになっている。従って壁も厚く、律の声が外に漏れることはない。

この声を聞けるのは、俺だけや。

理性がどろどろに溶けていくような錯覚を覚えつつ、黒谷は一旦手を離した。間を置かず、律の体を横抱きにする。律くらいの重さなら余裕で持ち上げられる。

「ベッド行こか」

あ、と驚いたような声をあげた律は、すぐにしがみついてきた。膝の辺りに溜まっていたパンツが床に落ち、続けて右足のスニーカーも落ちる。

そうや、全部脱がせたい。そんで律君の裸が見たい。

身も蓋《ふた》もないが、それだけに純度の高い欲求に従い、黒谷は律をベッドに横たえた。そのまのしかかり、早速《さっそく》シャツのボタンをはずす。

「く、黒谷さん、黒谷さんも、脱いで」

震える声で言われて、黒谷はハッと顔を上げた。

律の情欲に潤んだ瞳から、蕩《とろ》けるような熱っぽい視線が放たれている。

律君も、俺の裸が見たいんや。

歓喜と愛しさで笑顔になりつつ、うんと頷いて手早く上着とTシャツを脱ぐ。スエットのズボンと一緒に、下着とソックスも一気に脱いだ。

そうしている間に、律も自《みずか》らのシャツを脱いでいたようだ。改めてのしかかろうとしたときには既に裸になっていた。

薄暗がりの中でも、白い肌はほんのりと光を放つ。胸を飾る小さな赤い粒は、硬く尖っていた。つい先ほどまで愛撫していた性器は濃い桃色に染まり、再び兆《きざ》しつつある。

横たわった状態で膝を立てている体勢はひどく無防備で、その奥にある秘められた場所へ誘っているかのようだ。

律の裸を見るのは初めてではないのに、黒谷はごくりと息を呑んだ。

めちゃめちゃエロいけど、めちゃめちゃきれいや。

劣情と感動と興奮が同時に押し寄せてくる。

「黒谷さん……」

「律君……！」

律が両腕を伸ばしたのを合図に、黒谷はその扇情的《せんじょうてき》な体を組み敷いた。

欲するままに白い肌を撫でまわしながら、硬く尖った乳首を口に含む。思う様舌で転がし、甘く歯をたてる。

薄く汗を纏《まと》った肌の滑《なめ》らかさを味わっていた指先に、もう片方の乳首が当たった。ぷくりと存在を主張しているそれを摘《つま》んで弄る。

「は、あっ……、そんな、いっぱい、同時に、や、あ、ん」

律は細切れに嬌声をあげて身悶《みもだ》えた。

その艶めいた響きに、ますます煽られる。思わず前のめりになった拍子《ひょうし》に、律の嬌態《きょうたい》を目《ま》の当たりにして猛《たけ》った劣情が、彼の濡れそぼったそれに擦れた。

「あんっ……！」

律の背中がきれいに反《そ》り返る。そのせいで、更に性器同士が擦れ合った。悲鳴に近い嬌声をあげた律は、黒谷にしがみついてくる。すんなりと伸びた首筋から香る、芳ばしいような、甘いような蠱惑的《こわくてき》な律の匂いが鼻腔《びこう》をくすぐった。

――あかん。俺も一回出さんと、もたへん。

「律君、律……、一緒に、触るで……？」

「え……？　あ、あっ」

己のものと律のものをひとつにまとめ、大胆に扱《しご》く。

「あ、いっ……！　いたい……！」

「ごめん、強すぎたか……？」

反射的に手を止めようとすると、だめ、と律が舌足らずに応じた。

涙で潤んだこげ茶色の瞳が、縋《すが》るように見つめてくる。

「やめないで……！」

「けど、痛いんやろ？」

「いたい、けど……、すごい、きもちい、から……、してほしい……」

引き締まった細い腰が、行為を促して淫《みだ》らに揺れる。

意識するまでもなく、黒谷の手は再び激しく動き出した。たちまち痺《しび》れるような強い快感が生じる。心臓が早鐘《はやがね》を打ち、息が上がった。律の呼吸も乱れる。

「あぁ、出ちゃう……！」

律の艶めいた声と激しい息遣い、そして互いの劣情からあふれ出した蜜がたてる、ぐちゅぐちゅというういやらしい水音が重なり合い、聴覚を侵《おか》す。

もうだめだ。限界だ。

力を込めて擦ると、律が先に絶頂を迎えた。ほんのわずかに遅れて黒谷も達する。

二人分の白濁《はくだく》が、薄桃色に染まった律の腹や胸を濡らした。その感触にも感じてしまったらしく、律はひくひくと震える。今し方蜜を吐き出したばかりの熟《う》れた性器と、真っ白な内腿《うちもも》のコントラストがひどく艶《なま》めかしい。

直接的な体の快感はもちろん視覚的にも煽られ、黒谷は低くうなった。

は、は、と荒い息を吐いていた律が、くろたにさん、と幾分《いくぶん》か幼い声で呼ぶ。

「今日は……、入れてほしい……」

「ええんか……？」

尋ね返した声は、みっともないほど掠《かす》れた。

ん、と律は素直に頷く。

「沼崎さんに、連絡もらう前……、黒谷さんが、メッセージくれて、嬉しかったけど……、なんか、凄く寂しくなっちゃって……、自分で、解《ほぐ》した……。でも、黒谷さんが、してくれるみたいに、気持ちよくなくて……。でも、今は、凄く熱くて……、じんじんしてるから……」

黒谷はまたしても低くうなった。こめかみの辺りがやけに熱い。

「見てもええか?」

「え……?」

「じんじんしてるとこ」

え、と再び声をあげた律の膝裏に手を入れる。そして間を置かず、両脚を割り広げるようにして持ち上げた。

たちまち露わになった場所は、そこだけが別の生き物のように蠢《うごめ》いていた。きゅ、ときつく閉じたかと思うと、緩やかに綻《ほころ》ぶ。小さく口を開けたそこから、内部の鮮《あざ》やかなピンク色がほんのわずか垣間見《かいまみ》えた。が、すぐにまた恥ずかしげに閉じてしまう。

官能的な光景を目の前にして、息が上がった。

こんなにいやらしくて健気《けなげ》な光景は、今まで見たことがない。

「やだ、そんなに、見ないで……」

律が隠そうと伸ばした手より先に、黒谷は指を二本押し入れた。

「あぁっ……!」

律が掠れた嬌声をあげる。宙に浮いた足指の先が、踊るように揺れた。

自分で解したというのは本当のようだ。火傷《やけど》しそうなほど熱をもった内壁《ないへき》は、指を拒《こば》むことなく根元まで包み込む。確かめるように指を動かすと、くちゅ、と淫靡《いんび》な音がした。

「自分でしたとき、ローション使《つこ》たか?」

「ん、うん……、あ、あっ」

「奥に、ちょっと残ってる」

「そこ、だめ、押しちゃだめ……!」

「気持ちええやろ?」

「い、いいけど……、いいから、そこばっかり、だめっ、だめだったら……!」

既に熟知している律の弱い場所を何度も擦ると、細い腰が跳ねた。その動きに合わせ、反《そ》り返った性器も跳ねる。先端に滲んだ欲の蜜が四方に飛び散った。

更に指を足すが、やはりほとんど抵抗はない。それどころか、激しく蠕動《ぜんどう》して奥へと誘う。

この焼け焦《こ》げそうなほど熱い場所に入れたい。

律君の体の奥の奥まで、俺で満たしたい。

「も、指、やだ……!　黒谷さんのがいいっ……、くろたにさんの、入れて……!」

びくびくと全身を震わせながら言われて、黒谷はきつく目を閉じた。

ほとんど散ってしまった理性の欠片《かけら》を必死でかき集め、できるだけゆっくりと指を引き抜く。

あぁ、と悩ましい声で啼《な》いた律は、ぐったりと四肢《しし》を投げ出した。

「ちょっとだけ、待っててな。すぐに、あげるから」

掠れた声で囁いた黒谷は、サイドテーブルの引き出しを乱暴に開けた。ゴムとローションを取り、パッケージを引きちぎる。

じっとこちらを見ていたらしい律が、甘えるように尋ねた。

「まだ……？」

「うん、もうちょっとや」

「ねえ、まだ……？」

「ごめん、もう少し」

「早くしてくれないと……、おかしくなっちゃう……」

律は自ら膝を立て、艶めかしく腰を揺らす。

普段はわがままを言わない律の淫靡なおねだりに、黒谷はまたしてもうなった。獣じみた声になってしまったのは仕方がない。気持ちはほとんど、とびきりのご馳走《ちそう》を前にした肉食獣だ。

ゴムを被《かぶ》せた己にローションをたっぷり纏わせた黒谷は、律に飛びかかるようにして脚を大きく開かせた。

そこはちょうど物欲しげに口を開けたところだった。先ほど一瞬だけ覗いた内壁のピンク色が、今度ははっきりと見える。かと思うと、恥じらうようにきゅうと閉じた。

マジで、もうあかん。

「入れるぞ」

切羽詰《せっぱつ》まった声で告げて、淫靡な花を思わせるそこに己自身をあてがう。そしてゆっくりと、しかし有無《うむ》を言わせない強い力で押し入った。想像していたよりもスムーズに、律は黒谷を受け入れてくれる。

「あ、あーっ……！」

く、と喉が鳴った。充分解したとはいえ、一度も侵入を許したことのない熱い場所を開くのは、強烈な快感だ。

律はといえば、体の準備はできていたものの、初めての行為に少なからず痛みと息苦しさを感じているらしい。シーツを握りしめ、もがきながらすすり泣く。

「やぁ、だめ、そんな、おっきいの……！　もう入んない、入んないからぁ……！」

「大丈夫や、入る……。いっぱい、解したやろ？」

「でも、あ、でも……、すっごく、おっきくて、あつくって……。もうむり……」

弱音を吐きながらぽろぽろと涙をこぼす律は、しかし陶然《とうぜん》としていた。朱を刷《は》いたように赤く染まった目許も、ツンと尖った鼻先もかわいいのに、たまらなく色っぽい。

逃げを打つ律の体をしっかりと捕らえ、黒谷は残りを一気に押し込んだ。

「あぁっ……！」

つながった場所がきつく締まって、低く呻《うめ》く。こめかみや額に浮いた汗が、次々に流れ落ちた。少しでも油断したらもっていかれそうだ。

世の中には、こんな風に体の芯まで痺れさせる、凄《すさ》まじい快感があったのか。

それもこれも、相手が律だからだ。律とだから、こんなにいい。

「律君……、律……、大丈夫か……？」

今更だが、嵐のような呼吸をくり返している律が心配になり、熱い息を吐きながら声をかける。二度欲望を吐き出した桃色の性器も、今は力を失っていた。

律は茫洋《ぼうよう》と彷徨《さまよ》わせていた視線を、ゆっくり黒谷に向ける。

「くろたにさ……」

「よう、がんばったな……」

「ぜんぶ、入った……？」

「ああ。全部、入った」

「きもちい……？」

「ああ、めちゃめちゃ気持ちいい。ありがとう……」

噛みしめるように言うと、律は花が咲いたように微笑《ほほえ》んだ。

「ぼくが、してほしかったのに……、お礼言うなんて、へんなの……」

艶《つや》やかな声が耳をくすぐった瞬間、一気に込み上げてくるものがあった。

それが愛しさなのか情動なのか、正体がわからないまま、律、と愛しい恋人の名を呼ぶ。

「動いて、ええか？」

「ん……。でも、ゆっくりして……」

「……わかった」

律を傷つけては元も子もない。黒谷は暴走しそうになる欲を必死で抑え、ゆったりと腰を動かした。たちまち濃密な快感が、全身を駆け巡る。

内壁を擦る度《たび》、律は甘い声をあげた。その声も味わいたくて、動きながら口づける。

しかし大胆になっていく律動のせいで、長くは続けられない。

口づけては離し、また食《は》んで離し、何度も何度もキスをする。

そうしているうちに律の性器に芯が通ってきた。苦痛だけでなく、快感も確実に拾っている。

「んむ、ぅん、は、あは、んん」

律の色めいた嬌声と己の荒い息遣い、そしてつながった場所からあふれる卑猥《ひわい》な水音が部屋に満ちた。

このままじっと動かずに、艶めかしく蠕動する内部に包まれていたい。

いや。熱く蕩けた中を擦り立て、奥を突く度に得られる強い快感を、もっと味わいたい。

黒谷が二つの相反する欲求の狭間《はざま》でうなったそのとき、律が震えながら囁いた。

「すき……、く、くろたにさ、すき、すき……」

——もうだめだ。

黒谷はできるだけ乱暴にならないようにしつつも、大胆に腰を動かした。

同時に、無防備に晒《さら》されていた律の劣情を愛撫する。

「やぁ、だめ、いっしょにしちゃっ……！　あ、あ、ぁあん……！」

黒谷に揺さぶられながら、律は悶《もだ》えた。

足指の先が幾度も跳ね、黒谷を受け入れた白い腹が淫らに波打つ。

それらの不規則な動きが、律の中にいる黒谷にも伝わってきた。内壁が締まり、離すまいとするかのように吸いついてくる。

「律、律……、俺も、好きや……！」

奥まで突き上げながら全身全霊で告げると、律は掠れた嬌声をあげた。刹那《せつな》、黒谷の掌に薄くなった蜜を吐き出す。

間を置かず黒谷も達した。強烈な快感と共に、律への想いが込み上げてきて大きく喘《あえ》ぐ。

ああ、幸せや……。


ふ、ふ、と己の荒い息遣いが頭の中に響く。

皮がめくれた足の裏が痛い。テーピングでしっかり固定したはずの膝も痛い。

整備された平坦な道はもちろん、険しい山や岩だらけの原野《げんや》を百五十キロ近く走ってきた体は、悲鳴をあげている。

それでも、不思議と力が漲《みなぎ》っている気がした。疲れもほとんど感じない。飛ぶように、ときには氷上を滑《すべ》るように走る。

目標にしてきたウルトラトレイルレース。前にも後ろにも他の選手の姿はない。もう随分前から一人きりで走っている。運営側の撮影班や記録係が並走《へいそう》することはあったが、彼らはずっとついてくるわけではない。

昨夜《ゆうべ》のナイトランの最中、エンジンが搭載《とうさい》されているかのようにぐんぐん走る黒谷に、追い抜かれた選手がぎょっとしていたのを覚えている。

百キロを超えた辺りから幻覚が見え始めた。幻覚や幻聴は、どんなトップランナーでも経験するものだから気にしたことはない。今回は律の幻覚だったので、むしろ大歓迎だった。

幻覚でも、律はとびきりかわいかった。今度の休みはどこ行きますか？　とデートの行き先を相談をしてきたり、僕こんなに走れるようになったんですよ！　と自慢してきたり、黒谷さんカッコイイ！　と褒《ほ》めてくれたりして、やる気が倍増した。寂しいな、もっと会いたいです、と甘えられて、更に力が漲った。かーわーいーいー！　と叫びながら走ってしまった。

ただ、黒谷がスペインから送った手紙を嬉しそうに読む幻覚だけは、少し恥ずかしかった。せっせと綴った分厚い手紙は、黒谷が帰国して数日後、律の元に届いた。幻覚ではなく本物の律も、その手紙を大事にしてくれている。

『ロンド』で出会う前から、律が黒谷のファンだったことは、実は最近聞いた。

言うてくれたらよかったのに、と言うと、なんか恥ずかしくて、と律は頻《しき》りに照れた。

黒谷がファンから写真を頼まれたとき、進んで撮影者になるのは、自分もファンだからファンの気持ちがよくわかるせいだという。

それに自撮《じど》りなんかされたら、必要以上にくっついちゃうでしょ。

唇を尖らせてそう言った律は、間違いなくかわいいの優勝者だった。

ふいに歓声があがって、黒谷はハッとした。

ゴールまで二キロを切っている。沿道にいる観客が惜しみない拍手を送ってくれた。声援を送ってくれる人もいる。現地の人だけでなく、ヨーロッパ各地から観客が集まっているからだろう、英語、スペイン語、フランス語、ドイツ語、言語は様々だ。しかしどの人も笑顔だった。

嬉しくて笑顔で手を振ると、フー！　と歓声がいくつもあがる。称賛の拍手も大きくなった。

あと一キロ。

早く終わってほしい気持ちと、このままどこまでも走っていきたい気持ちが交錯《こうさく》する。

前方にゴールゲートが見えた。

安堵と寂しさを感じていると、黒谷さん！　と呼ぶ声が耳をついた。

歓声の合間を縫《ぬ》って聞こえてきたのは律の声だ。

「あと少し、がんばって！」

視線を動かすと、ゴールの手前にオレンジ色のアウターを着た律がいた。目を輝かせ、高く上げた両腕を懸命に振っている。

今日も物凄くかわいい。

黒谷は思わず大きく手を振り返した。切れかけていたエネルギーと集中力が、一気に甦《よみがえ》る。

律君が見てくれてる。俺はまだ、もっと走れる。

応援に来てほしいと頼むと、律は二つ返事で了承してくれた。渡航費を払うと申し出たが、こちらは断られた。貯金あるし、バイトしてるし、僕が応援しに行きたくて行くんだから。そう言った律はかわいいだけではなくかっこよくて、またしても惚れ直してしまった。

ゴールテープが目前に迫《せま》る。テープの向こう側に、稜やスタッフの顔が見えた。ワカツキの広報の社員もいる。皆笑顔だ。泣いている人もいる。

黒谷はスピードを緩めることなくテープを切った。

次の瞬間、一際大きな歓声と拍手が沸きあがる。

やった、優勝や……！

「おめでとう！　よくがんばったな！」

「凄いぞ、ぶっちぎりの一位だ！」

「大会新記録だ！」

駆け寄ってきた稜たちに、ありがとうと肩で息をしながら礼を言う。運営スタッフにも、次々におめでとうと祝福された。ありがとう、と日本語や英語で答える。

大勢の人に支えられてここまできた。感謝しかない。

快い疲れを感じつつ、黒谷は改めてゴールゲートを振り返った。そして深々と頭を下げる。

本来、人間の領分ではない場所を走らせてくれた、山や原野にも感謝だ。

「黒谷さん！」

呼ばれて、黒谷は再び振り返った。

そこには、稜に連れられた律がいた。こちらをまっすぐに見つめる瞳は潤み、今にも涙がこぼれ落ちそうになっている。

刹那、胸の奥で熱いものが爆発した。

「お疲れ様でした！　優勝おめでとうございます！」

全開の笑顔を見せてくれた律に駆け寄った黒谷は、唯一無二の恋人を思い切り抱きしめた。

祝福するかのように、いくつも歓声が上がる。

俺は、律君がいてくれたら無敵や。

あとがき

AFTERWORD

―久我有加―

本書を手にとってくださった方の中には、トレイルランニングって何？　と疑問を持たれた方がおられるかと思います。簡単に言いますと、整地されていない山野《さんや》を走るスポーツです。たまにテレビでトレイルランニングのレースの様子が放送されるのですが、特に百キロを超えるレースは過酷《かこく》です。百キロ歩くだけでも大変なのに、険《けわ》しい道を登ったり下りたりして走り続けるなんて、凄《すご》いとしか言い様《よう》がありません。

私が初めて山を登ったときの感想は、登ったからには下りなあかんのや！　でした。何を当たり前のこと言うてんねん、とツッこむなかれ。頂上がゴール！　という感覚で登っていたため、下りる段になって愕然《がくぜん》としたのです。自分の中では既に登山は完結してるのに、これからまた下りんとあかんて辛《つら》すぎる……。しかも下りは、へたすると登りよりきつい……。

基本インドアなので、いろいろと衝撃でした。

カップルとしては年上×年下の王道設定ですが、律《りつ》のような可愛らしいタイプの受は滅多《めった》に書かないので、カワイイ受ってこれで合ってる……？　と自問しながら執筆しました。

反対に、ちょっと（？）変わっている攻の黒谷《くろたに》は書きやすかったです。勢い余って変なことになってしまっている攻は、私的にはわりと平常運転なのでした。

読んでくださった方に、少しでも楽しんでいただけるよう祈っています。

ちなみにトレイルランについては、左記を参考にさせていただきました。

●鏑木《かぶらき》毅《つよし》『KABURAKI METHOD　鏑木メソッド』山と渓谷社
●「マウンテンスポーツマガジン　トレイルラン　2020春号」山と渓谷社
●「ラン・プラス・トレイル　Vol.41. Vol.43」三栄

最後になりましたが、本書に携《たずさ》わってくださった全ての皆様に感謝申し上げます。

編集部の皆様、ありがとうございました。特に担当様にはたいへんお世話になりました。

素敵なイラストを描いてくださった、ミキライカ先生。お忙しい中、挿絵《さしえ》を引き受けてくださり、ありがとうございました。ご無理をお願いして申し訳ありませんでした。律を可愛らしく、黒谷を男前に描いていただけて、とても嬉しかったです！

支えてくれた家族。いつもありがとう。

この本を手にとってくださった皆様。貴重なお時間を割《さ》いて読んでくださり、ありがとうございました。もしよろしければ、ひとことだけでもご感想をちょうだいできると嬉しいです。

それでは皆様、どうぞお元気でおすごしください。

二〇二三年二月　久我有加

この本を読んでのご意見、ご感想などをお寄せください。
久我有加先生・ミキライカ先生へのはげましのおたよりもお待ちしております。

〒113-0024　東京都文京区西片2-19-18　新書館
[編集部へのご意見・ご感想] 小説ディアプラス編集部「好きになってもいいですか」係
[先生方へのおたより] 小説ディアプラス編集部気付 ○○先生

- 初出 -
好きになってもいいですか：小説ディアプラス2021年フユ号（Vol.80）
好きの限界突破：書き下ろし

[すきになってもいいですか]
好きになってもいいですか

著者：久我有加 くが・ありか

初版発行：2023年3月25日

発行所：株式会社 新書館
[編集] 〒113-0024
東京都文京区西片2-19-18　電話（03）3811-2631
[営業] 〒174-0043
東京都板橋区坂下1-22-14　電話（03）5970-3840
[URL] https://www.shinshokan.co.jp/

印刷・製本：株式会社 光邦

ISBN978-4-403-52570-4 ©Arika KUGA 2023 Printed in Japan